外山滋比古

●●

老いの整理学

扶桑社文庫
0658

文庫版のためのまえがき

年を取った人がたいへんな勢いで増えている一方で、年を取ることを喜ばず、おそれる人も少なくない。

老人ということばが、いつのまにか、高齢者になりさらに後期高齢者などと呼ばれるのは年寄りにとってうれしくないが、しかたがない。ピンピンコロリで行くのだと気勢をあげた人たちも、いつしか、おとなしくなってしまった。

年の取り方には、ふた通りがある。うまい年の取り方とつらい年の取り方である。

どちらの老い方をするかは、ひとりひとりの問題であるが、いい知恵はないかと思っている人は少なくない。

どうしたら、おもしろく、いやなことを忘れて老いていけるかは大きな問題で、もっとよく考える必要があるが、お手本になる例が少ない。我流で老いていると
おもしろい老いにならないリスクがあると気付くのはかなりの知性である。

とくに良い考えがあるわけではないが、老いていくのに役立つことをあれこれ書いたのがこの本で、サンプルのようなものだ。

『老いの整理学』は扶桑社新書として出版されたが、さらに広い方々にお読みいただきたいと考えて文庫として出すことにした。

まだ老いていない読者にも読んでいただければ著者の喜びは小さくない。

二〇一七年　冬

外山滋比古

はじめに――生き生きと老いる

「（新聞を手にしながら）日本の女性は長生き、世界一だって」

「いくつ？　平均寿命？」

「86・61歳。二位の香港が86・57歳と迫っている。あと、スペイン（3）、フランス（4）スイス（5）とつづいている」

「男性の方はどうなの？」

「80・21歳で四位、でも前年度の五位からひとつ上がった。はじめて人生80年時代に入ったわけだ」

「世界一はどこなの？」

「香港で80・87歳、で、日本と六カ月しか違わない。二位アイスランド、三位スイス、五位はシンガポールとなっている」

「そう聞いても、あまりうれしくないみたい。昔だったら、大喜びしたでしょうに。なんだか、長生きの値打ちが下がったみたい」

「新聞の扱いも地味だね。小さなカコミになっている。うっかりすれば見落とす。年寄りが大事にされていない世相がひびいているのかもしれない……」

「トシはとりたくないもの……」

　かつてのお年寄りは、もっとキリッとしていた。根性もあった。若いものも、どこか一目置くところがあったし、敬老というのが生活の中にうまく溶け込んでいた。

　もちろん、長患いの高齢者もいたが、いまほど目立つことはなかった。なにしろ長く寝たきりになる前に亡くなった、ということもある。介護ということばもなく、家族の世話を受けた老後は、いまほど暗いものではなかった。平均寿命が短かったせいだろう。

いまは、介護してくれる子がすでに高齢にさしかかっても、親は生きている。他人の介護を受けられないと大変なことになる。長生きはコワイという気持ちが生じてもおかしくない。

ピンピンコロリ（ＰＰＫ）を願ってお寺まいりをするのがレジャーのようになる、というのは、考えてみれば、悲しい話である。

もっと前向きに生きたい。

これからまだ、いいことがある、と信じたい。

なるべく、いつまでも、人の手を借りないで、自分のことは自分でする力を持ち続けたい。

さらに、できれば、少しでも、世のため人のためになることをしたい。小さな欲をはなれて、大きなことができないかと考える。

まわりの人から、ああいう年の取り方をしたい、と思われるような生き方をすれば、老年もまた楽し、となるのではないか。

わたくしはもうすぐ九十一歳（本書刊行時は九十四歳）になる。若いときから弱虫で、風邪ばかりひいて、勤めをもつようになってからもしきりに欠勤した。普通の会社だったら、とっくにクビになっていただろう。

しかし、わたくしは、未来にいいことがあるという希望というより勘のようなものをいだきつづけた。つまずき、病気になり、仕事をとりかえたり、おもしろくないこともいろいろだったが、気にしない、すぐ忘れてしまうことで、ノンキに生きて来たように思う。

年の取り方がわからなくて、健康を失うのは悲しい。体力は衰えても、気力がしっかりしていれば、カクシャクたる人生を送ることはできる。この年になってもなお、そういうことが可能であるように思っている。

その思いと生き方を、これから、老年を迎える人たちにも聞いていただきたい。そんなことを考えて、この本は書かれた。こういうスタイルをすすめるという思い上がった気持ちはない。他山の石、ということばがある。よその山から出たつまらぬ石でも、使いようによっては、自らを磨くのに役立つという意味である。

この本は、ごく小さな他山の石であるが、読まれる方のご参考になれば幸いである。

二〇一四年　秋

老いの整理学　目次

Ⅱ　感情を発散させる

Ⅳ 緩急のリズム

V　命を延ばす方法

I

華麗なる加齢

カレイ

あるとき、ある老婦人がかかりつけのお医者のところへ行った。このごろ、どうも調子がよくない。夜も眠れない。胃の調子も悪い。体がダルい。

それを聞いていたお医者、ニコリともしないで、

「カレイのせいです」

歩いていると、息切れすることが多くなりましたというのに対しても、

「それもカレイのせいです」

奥さんはびっくり。どうして、わたしが、カレイ好きとわかるのかしら、行きつけの魚屋でいつもカレイを買うので、おじさんから〝カレイの奥さん〟と言われている。この間も店へ行くと、やあ、カレイの奥さん、きょうは飛び切りイキ

のいいのがありますぜ、とあいさつされた。でも、そんなことドクターの知るわけがない。おかしい。そんな風に考えていて、ふとひらめいたのは、カレイはカレイでもカレイ違いで、カレーライスのことかもしれない。おかずを作るのが面倒なとき、よく、カレイを作る。インスタントで、体にもあまりよくないな、といつも思っている。それだ、カレイがいけない。魚のカレイが体に悪いわけがない。カレイライスのカレイは刺激も強いし、脂肪も多い。そうだ、こちらのカレイだ、と決めた。これからはなるべく、カレイライスを作るのは控えよう。

夕食のとき、奥さんが、この話をして、カレイって、そんなによくないのかねえ、と言うと、家族から笑われた。

「バカだな、カレイ違いだ。加えるに年齢の齢を合わせて加齢というんだよ。老化のことだが、老化というと、聞こえが悪いから、加齢という、お医者たちの造語だ。あそこの医者、気取って、使ってるんだ。カレーライスや魚のカレイと混同されるとは、お医者も思うまい。これって、なかなかのジョークだよね……」

招待を断わるな

加齢はエイジングをもとにした造語である。老化がよくないイメージを持つので、その代わりに用いられる。さすがにエイジングとは言わない。それは医家のたしなみで、一般ではエイジングが使われる。これも外国のまねである。

アメリカはエイジングの先進国（？）なのであろう。いちはやくエイジング文化がおこってスタイリッシュ・エイジング（かっこよく老いる）が流行語になった。

先頭に立ったのは、リズ・カーペンターという女性だった。ジョンソン元大統領夫人の第一秘書をした人である。退職して、スタイリッシュ・エイジングの旗頭になった。女史は三則をうたった。

招待を断わるな（Never pass an invitation）

どんどん人をもてなせ（Entertain a lot）

なにがなんでも恋をせよ（By all means fall in love）

最後が、激しいので、さすがの日本人も少し尻込みしたようで、カーペンター三則は日本では広まらなかったようである。女史は有言実行、ハーヴァード大学在学中に好きだった男性と、めでたく結婚したといわれる。

会があったら出席しなさい、というのはよい教訓である。日本では、OBなどのクラス会があると、欠席と決めている人が少なくない。出席と返事しておいて、スッポかす不心得ものもいる。出てこないから、体が不自由なのだろうと思うと、プロ野球の見物をしていた、というのもある。スタイリッシュ・エイジングからはほど遠い。

お招ばれしたら、喜んで行く。そして感謝する。それが楽しいのである。日本にはパーティとか会食の文化がないから、人を招くことも苦手だし、客になるのもうまくない。

招かれて、ご馳走になっても、お礼を言うことを知らない。昔は、もてなしを受けたら三度礼を言えと教えた。その席で一度、帰りぎわにもう一度、そして次に会ったらまたお礼を言う。もし当分、会えそうにないなら礼状を書くのである。いまは末世、大学教授でも礼状を書くことを知らない。

日本にも、老人訓はある。有名なのは岸信介元首相の三則である。

ころぶな

風邪ひくな

義理を欠け

である。社会的に活動している人にはたいへん有益なアドヴァイスになる。しかし、カーペンター三則と比べると、対照的である。カーペンター三則がいかにも積極的であるのに対して岸三原則は、あくまでも、消極的で、専守防衛の国の総理だった人らしい。

「義理を欠け」というのは、まさに、「招かれたら断わるな」の正反対である。アメリカの真似をするのは気がひけるが、やはり積極的、活動的なエイジングに学ぶべきところが大きいように思われる。

年を忘れる老い方

わたくし自身、加齢ということを意識したのはごく最近のことである。若いころからずっと虚弱で、自分でも長生きは無理だと半ばあきらめていたのである。仕事の効率を上げるために、散歩をはじめたのが、体の調子にもいいことを発見して、健康ということを考えるようになった。まだ年寄りにならないうちから年の取り方を考えるようになった。

世間で、散歩、散歩とさわぐようになると、ただの散歩ではおもしろくなくなり、足のほか、手、口、耳目、頭の五つのすべてを動かす〝五体の散歩〟というのを発明（？）していい気になった。やってみると、なかなか、どころか、たいへんよろしい。年を忘れることができる。十年、二十年前より、いまのほうが〝元気〟であると思うことが多い。加齢なんか恐くない。そう思う。そして、前向きの生き方をしたいと考える。

世間ではアンチ・エイジングをもてはやす。商売に利用しようとする向きもあるらしいが、アンチ、というのがいやらしい。アンチとは反対、ということだろうが、反対で建設的なことがあるわけがない。

年を忘れ、日々是好日・明日は天気がいいだろう――そんな風に老いるのがおもしろい。

そういう考え方をするには、いくらか心得えておくことがある。

その考えがいくらかまとまったので、披露することにした。自慢ではないが、「華麗な加齢」のつもりである。

大人多忙——小人閑居

若い友人が奥さんを亡くした。若いといっても還暦はすぎている。頼りにしていた人がいなくなって、友人は元気がない。

励ますつもりで、食事を自分で作ってみなさい、と言うと、「自炊ですか。この年になって……自信がありません」と弱音をはく。少し心配である。

アメリカでは、中・高年の男性が妻に先立たれると、短命だ、というのが常識のようであるらしい。いちばん大きなのは、食べものが変わること。妻に食事を作ってもらった夫は自炊の用意、覚悟がない。不規則で不充分な食事をしていれば健康を害しないほうがおかしいくらい。思わぬ病気にとりつかれて……、ということになる。

友人にもそんなことを引き合いに出して自炊をすすめた。「昔から、男子、厨房に入るべからず、と言います。そういう時代に育ってきましたから、いまさら、台所に立つなど考えることもできません。それに、ひとりで食事をするって、わびしいですよ」彼は三度、三度、外食している。それは、わびしいとは思わないらしい。

「ひとりで淋しかったら、居候を置くんですよ。喜んで来る男子大学生がいます。下宿よりずっといい。大げさに言えば世のため、人のためになります」

この友人、冗談だ、と思っているらしく、まるで取り合おうとしないからおもしろくない。勝手にしろと思った。

八十代から始めた炊事

自分のことを書くのは気がひける。わけもなくプライバシーを人目にさらすのは行儀がよくないことくらい心得ているが、この際である。目をつむって、自分のことを書く。

数年前、家内が大腿骨骨折がもとで歩行困難になり家事ができなくなった。ひとが入ってきて家事をしてくれる時代ではない。ひとが入ってくるのも好ましくない。自分でやってみようとすぐ決めた。

家事といってもいろいろだが、いちばんの仕事は食べものを作ることである。わたくしは、これをそんなに怖れなかった。炊事くらい、という気持ちがある。戦前、戦中、戦後の十年くらい、日本人のほとんどがひもじい生活をした。食べたくても食べるものがない。あれば何でも食べる。ネコの額のような空地でもカボチャを育てて食べた。

学生だったわたくしは、あり合わせの野菜で食事を作るのが、おもしろくて、友だちを誘って会食したこともある。楽しかった。

それを思えば、いまは、恵まれている。欲しい食材はいくらでも手に入る。電気、ガスは使い放題、食事をこしらえるなんて遊びみたいなものだと思った。

しかし、こちらは、年である。血気さかんな昔のようにはいかない。まわりも心配したようで、なんとなくその気配を感じて弱気になりかけることもあった。

とにかく、よけいなことを考えてはいられない。なにがなんでも食べるものを作らなくてはならない。

やってみれば、できる。うまくやろうなどとぜいたくはこの際、棚に上げる。空腹を満たすものを作るのは待ったなし。

朝昼夕、十八番の献立

まず朝食作り。ご飯をたいて、味噌汁をこしらえて……などというのは、時間がかかるから、パン食にする。バターのトーストでは殺風景である。サンドイッチをこしらえる、トマト、レタス、ハム、玉子焼などをはさむ。それでも少しさみしい。バナナとカシューナッツを添える。カシューナッツがいい。

温めた牛乳をたっぷり飲む。これを作るのに十分とはかからない。

昼はうどん。煮込みうどんだが、いろいろのものを入れる。トリ肉、カマボコ、アブラアゲ、シイタケ、シメジ、小松菜はいい味を出す。うどんは天下の銘品、稲庭うどん。しかし、うどんが主食ではなく、添えものくらいの扱い。量も抑える。うどんスープといってもよい。これが美味い。

いつか近くのそば屋で、鴨南蛮を食べたことがある。千何百円もするから、期待していると、靴の底皮のような切れ端が浮いているだけで食えたものではない。店に文句を言いたいのをおさえて、二度と来ないぞと思って帰った。そんなのと比べればわが煮込みうどんはパラダイスの美味である。毎日繰り返して、飽きることがない。

夕食はそんな簡単にはいかない。何にしようかと考えることもある。いい考えが浮かばないときは、十八番の献立にする。

筆頭は、ブリの照り焼。ブリの切身を醤油にひたしておいて、油をひいたフライパンで焼く。あっという間にできる。ジャガイモのコフキを添え、別にトウフのヤッコ、カマボコ、ナスのカラシ漬けと用意し、味噌汁を作る。

これは三十分くらいかかる。ジャガイモのコフキが意外に時間を食う。

時間のないときは、鍋ものにする。いつかアメリカの雑誌『タイム』が、日本へ行ったら「ナベ」とあるものを注文せよ。安くて、うまくて、栄養満点。アメリカ人に心臓病が多いのは魚の食べる量が少ないからで、塩分を多く取る日本人がその割に心臓疾患が少ないのは、魚をよく食べるからだ、と書いていたことがある。

それで鍋料理にするのではない。手間ヒマかからないからで、男の料理でいちばんは鍋ものである。相撲部屋では年中、チャンコ鍋を食べているのは、立派な知恵である。

気が向くと、チラシずしをこしらえる。これは少し手間がかかる。時間もかかる。しかし、チラシずしを作るのは、楽しい。食べておいしい。七種類くらいの具を作るのが少し面倒だが、それだけに、出来上がったときの喜びがある。日によっては、小鯛の笹漬けを添えることもある。これはぜいたく品で、そんじょそこらでは手に入らないのが難である。

すき焼はチラシずしよりうまい。こどものときから、そう思っていたが、牛肉は体によくないといわれて我慢していた。しかし、年を取ったらむしろ牛肉は食べたほうがいい。お医者もそう言うから、堂々（？）とすき焼をする。難は、おいしい肉が高価なことだが、命を延ばすのだと思えば、安いものかもしれない。すき焼は、もちろん、鍋ものの一種である。

数年前、『週刊新潮』から週間食卓日記で、食べているもののことを書け、といわれて、わが家の食卓を紹介したことがある。

毎週、栄養士のコメントと評定がつくのだが、わたくしの食生活に96点がついた。

ホメられていい気になっていると、若い友人から、こんな高点、はじめてではないか、という便りが来て、いっそういい気になった。

ピグマリオン

日本人はほかの国の人に比べて元気がないらしい。さきごろ内閣府の行なった国際調査は、それを示している。(二〇一四・六)

「自分に満足している」と答えた若者は45%で、米、英、独、仏、韓、スウェーデンと日本の七カ国中、最低である。トップはアメリカで、86%。「自分に長所がある」と答えた日本人は68%だったが、最高のアメリカは93%である。日本はビリ。

これほどはっきり日本人の自信喪失を示した数字も珍しいが、われわれの気づかないところを衝いている。

なぜだろうか。ちょっと考えて答の出ることではなさそうだが、思い当たることがないではない。

端的に言えば、日本人はひとをホメないからであるように思われる。たえず他人の欠点を問題にし、批判、攻撃する。叱ることは少なくないが、ホメることを知らない。

学校でも、教師は叱ってばかり。試験をして間違ったところの減点をしていい気になっている。八〇点くらいの答案に〝よくできた〟などと書き添えた教師がいれば変人扱いされる、一〇〇点満点だった、よくやったなどと言うことはない。〇点などは問題にしない。

学校で先生からホメられた生徒はまことに少ない。暁天の星、ということばがあるが、それほどにもないであろう。逆に叱られなかった事もまた、まれである。そういう学校に長くいれば、たいていのものが、自信を失い、消極的になるのは是非もないことである。

それだけに、ホメてもらうのは、この上ない喜びである。こどもより、大人、大人より高齢者の方がホメられることが少ないから、年を取って注目されるのはこの上ない生き甲斐である。

老人はいつ死ぬか？

ある社会学者が、北欧でおもしろい調査をした。老人はいつ死ぬかという問題である。結果は、誕生日の一カ月くらい前から死亡率が急速に低下し、当日は最低になる。誕生日が過ぎると、また、急上昇する、というのである。誕生日を底に、V字型になる、というのである。

理由ははっきりしている。

誕生日にはみんなが祝ってくれる。プレゼントももらえる。会いたい人に会うこともできる。なにより健康を祝ってもらえる。それを思うと、胸ふくらみ、心が軽くなる。多少の不調は吹きとばす。それで死亡率が低くなる。その誕生日が過ぎると、祭りのあとの空虚さ、さみしさで、心がなえる。体力を支えていた活力がおとろえて、病気が頭をもちあげて、悪さをする。当分、楽しいことはないと思うだけで、気が滅入る。それが体に悪く作用して、おもしろくないことになる。

つまり、誕生日は、ホメられる日である。ホメられれば、元気が出、活力も湧いて、死ぬのを忘れる。

年を取った人が勲章をもらうのを冷ややかに見る人がいる。こどもだましのような勲章をありがたがる人の気が知れない、などというのを誇る人がいるが、少し考えが足りない。勲章はたいへんな力を持っている。

ある大医学者が重篤な状態にあった。門下の医家が集まって手を尽くしたが、好転の兆しはなかった。ある人が冗談半分に、勲章をもらわれたと言えば元気が出るのではないか、と言う。別の人が先生は近々受勲されるらしいが、それまでもつことは難しいから、なんとか、仮りに受勲されたということを先生にお知らせしようとなった。先生に受勲の祝いを伝えた。老先生、ベッドに正座してその話を聞き、それを境に病状が少しずつ好転、元気になられた、という、ウソのような本当の話がある。勲章は薬石にまさることがあるようだ。

ホメられるススメ

教育学でピグマリオン効果ということを教える。でたらめ、いい加減にでも、ホメれば学力が伸びるというのである。

クラスを二分してA、B二つのグループにする。そしてテストする。Aグループには採点した答案を返す。Bグループには答案を返さず、ひとりひとりに、よくできていた、と告げる。これを何回か繰り返したあとBグループの答案を採点してみると、AグループよりはっきりB成績がいいのである。はじめグループ分けするときには、A、Bの学力はほぼ同じにしてあったのだから、この差は、根拠のないもので、強いて求めれば、デタラメな誉めことばだということになる。

年を取ったら、こどものようにテストしてもらい、ホメられてのびる、という真似はできないが、何とかしてピグマリオン効果をあげることができるようにするのが、知恵というものである。

年を取ると、孤独になりがち。家族があっても構ってくれない。話し相手がなく、ネコに話しかけている老人もいる。だいたい、家族では、話すこともない。口をきけば、わかり切ったことか愚痴である。若い人から嫌われてもしかたがない。

ときどきでいい。自分をホメてくれる人がほしい。そういう人によって老いの身も、喜びを味わうことができる。親しい人ではうまくない。もと同僚というのもまずい。昔からの竹馬の友もこの際は好ましくない。かれらは、まず、ホメてくれないからである。

古い仲間はもう賞味期限が切れていることが多い。年を取ったら友だち、仲間を新しくする。利害関係がなく、違った経歴の人がいい。そういう新しい友だち、仲間をこしらえるのはたいへん面倒であるが、できれば、老いの年を忘れることができる。

それぞれ違った人生を歩んできた人たちである。自分の知っていることを相手、ほかの人は知らない。相手の知っていることはこちらが不案内である。それぞれにシロウトである。そういう人間同士のおしゃべりがおもしろく、楽しい。

不思議な力が湧く

そういう新しいつき合いのできる数人の仲間をつくって、定期的に寄り合って、駄弁を楽しむ。自分以外、みんなシロウトだと思えば、遠慮なく思ったことを存分に話すことができる。ときに思わぬことまで調子に乗って飛び出す。ほかの人は感心してくれる。ホメられるかもしれない。そうなると、話していて、われを忘れ、時を忘れる。〝自分もまんざら捨てたものでもない〟と思うと、不思議な力が湧いてくる。

少し心身の調子がよくないときでも、こういうおしゃべりクラブで存分にしゃべったあとは、気分爽快、まだまだ、やれるぞ、という気分になる。

〝ブタもホメれば木にのぼる〟

というが、ホメられれば、たいていの老人は年を忘れ、われを忘れて、新鮮になることができそうである。及ばずながら、わたくしは古稀になったころから、こういうおしゃべりクラブで、気力を養ってきた。よいものはひとつだけではよくないから、同じようなクラブを五つも六つもこしらえて、多忙であるが、おかげで若いときより心身ともに元気であるような気がする。

人を生かすのは、ホメてくれる友である。

笑って健やか

昔は、人前で笑ってはいけない、としつけた。相手に失礼に当たるというのである。おかしいことがあっても、ぐっと笑いをこらえて我慢しなくてはいけない。

戦後になっても、そういう考えが強く残っている地方があった。

ある人が頼まれて、東北のある町へ講演に行った。なるべくおもしろい話をと、いろいろ工夫して話したのに、会場はクスリともしない。拍子抜けした講師はひどく疲れて話を終えた。控室でお茶をすすっていると、いまの話を聞いたという人が、なにやら聞きたいことがあると言って入ってきた。

講師が、話はおもしろくなかったのかとその人に聞くと、その人は、とても、おもしろく、おかしいところもあって、笑いたかったが、〝笑ってはいけない、と教えられているので〟こらえているのが大変だったというようなことを話したので、講師はびっくり。そして少し安心したそうである。

笑いで命びろい

わたくし自身、笑ってひどい目に遭ったことがある。中学校（旧制）の教練の時間。担当の配属将校が不在で、体育の先生が代わりをした。スポーツ少年だったわたくしを、小隊長に指名した。思いもかけないことで、ひどく緊張した。それまで、集団に号令をかけたことなど一度もなかったから、「前へ進め！」と号令をかけると、何十名もの横隊《おうたい》が前進してどんどん迫ってくる。経験したことのない不安に襲われたらしいわたくしは、ケタケタと笑いこけたのである。自分でも信じられない。笑いが、込み上げて、ではなく噴き出してきて、その場にうずくまってしまった。

体育の先生が何といって叱ったか覚えがない。先生が、配属将校にどういう報告をしたかわからないが、期末の成績表の教練の評点は丁《てい》であった。甲乙丙丁の丁である。普通なら、これひとつで落第するのであるが、どうしたわけか、首はつながったが笑いごとではなかった。

あとあと、折にふれて、どうして、ああいう理不尽な笑いが込み上げ、爆発したのかを考えた。もちろん、わかるわけはないが、だんだん、笑いの深い意味についで考えるようになった。

小隊長の真似をさせられたわたくしは、最高度に緊張したはずである。号令をかけると大きな横隊がどんどん迫ってくる。その緊張はまた格別。緊張の重なった、わたくしの体は重圧によって破壊されんばかりになった。それを救うには、ガス抜きするしかない。笑ってなどいられないはずだが、噴き出して心の内圧を下げたのである。それがあの笑いコケであった。そういう考えになった。

もし、笑わずに、グッと抑圧していたらわたくしの体のどこかが破損したに違いない。笑いは緊張緩和のもっとも有効な反応である。笑いは健康によい、となる。

教練で笑いコケるという恥ずかしいことをしたわけだが、もし、こらえて、平静をよそおっていたら、どこかに重い障害を受けたにちがいない。丁という成績は、たいへん痛かったが、命びろいをしたと考えれば、喜んでもいいのかもしれない。そんな風に考えられるようになるまで、何十年もの歳月を要した。

クスリより効く

東京のある大学病院が、病院寄席をひらいて評判になったことがある。治療の方法もないような病気に悩む患者を集めて週一回、落語を聞かせる試みである。おどろいたことには、薬剤で改善しなかったデータが落語を聞くようになってよくなったのである。笑いはクスリよりもよく効くことがあるのだ。笑いが、病気を起こしたストレスなどよくない刺激を取り去るのであろう。

ことわざに、〝笑う門には福きたる〟というが、よく笑う家族は、多く健康で、いいことがある、といったものである。笑いの力を認めたものとして注目される。

昔の王侯貴族は、おもしろいことを言って笑わさせるものを召しかかえた。ヨーロッパでは道化と呼ばれた。英語ではfool（バカ）と言った。決してバカではなく、すぐれた知力がないと悩み多き主君を笑わせ、慰めることはできない。重臣並みの力をもった。日本では茶坊主といわれ、やはり主君のストレス解消が役目である。トップに立つものは、それだけで大きな心理的負担を受ける。そのままにしておいてはおもしろくないことが起こる。経験的にその害を知った人たちが、その対策として考えたのが、プロの笑わせ役だったのである。

いまどき、そういうぜいたくを許される人はいなくなり、代わって、娯楽施設ができたのである。しかし道化や茶坊主のようにおもしろおかしく心を明るく軽くしてくれるものがそんなにあるわけではない。どうしてもユウウツになる。それが引き金になって神経の疾病をかかえることが多い。

"三年に片頬"からの脱却

この章のはじめにも書いたように、日本では、古くから笑いに対する偏見が強く、大っぴらに笑うことはできなかったと言ってよい。人から笑われるのを恥としたものである。

ところが、戦後しばらくして都市生活をする人たちを中心に、笑いを求める風潮が広がった。テレビ番組なども、お笑いを狙うものが増えた。笑ってはいけないという考えは少しずつ弱まった。

企業で働くサラリーマンはもっとも強くリラックスを求めたようで、機会があれば、なければ、つくって飲み会をする。飲むだけでなく、みんなでワイワイ騒ぐのが狙いである。飲み屋の近所からは、順番を待って路上で大声で騒ぐグループへの苦情が出るほどだ。

そういう飲み会をしなくてはならないほど仕事や人間関係でストレスが溜まっ

ていることが多いことを暗示する。いわば健康のためのスポーツのようなもので、その効用は小さくない。

飲み会だけでなく、いまの若い人、とくに男性は実によく笑う。若い女性がよく笑うのは今にはじまったことではなく、〝箸がころんでも笑う〟と言われるほど。むやみに笑ったが、これは女性の健康のためで自然の摂理であった。もちろん、いまも笑う。若い人はけたたましい声をあげて笑う。

かつての男性は、女性ほど笑わなかった。武士などは笑ってはいけなくて、〝三年に片頬〟と言われたくらい。つまり三年に半分笑うということで、笑ってはいけないということだ。

いまの若い男性は、女性が顔負けするくらいよく笑う。大声をあげて笑う。行儀が悪くなったのではなく、それだけストレスが溜まっているのだと解するのが正しいであろう。緊張のストレスを発散するには笑うのが一番であることを、本能的に知っているのだろう。

茶のみ友だちをつくる

年を取った人は哀れである。家にいても家族から相手にしてもらえない。しかたがないからネコと会話したりする。ネコでも相手があればいいほうで、ひとり放っておかれる老人が多い。そういうお年寄りは、ストレスによって、元気を失い、健康を失うのである。

それをなんとかしないと、おもしろい加齢はのぞめない。

家族に相手をしてほしいなどと頼めるものではない。思い切って、茶のみ友だちをつくるのである。ひとりだけではよくない。三人や四人もほしい。二人だけでなくてグループでおしゃべりができれば最高である。福祉のデイ・ケアなどをうまく利用する手もある。お茶を飲んで、とりとめのない話をしているだけで、どれだけ元気が出るかしれない。ハラをかかえて笑うようなことがあれば最高である。

わたくしは、七十を過ぎたころから、おしゃべりする目的の仲間づくりを始めた。メンバーは、若いときからつき合いのあった人ではなく、新しくつくった仲間である。仕事や経歴もバラバラである。そういうグループのほうが、のびのび話ができて楽しい。

ある日、そういうおしゃべり会の当日、少し体がだるい、風邪気味かもしれないと思った。ためしに血圧を計ってみたら一五〇ちかい。大丈夫だろうと思って会に出席し、いつものようにしゃべりまくって、いい気分で帰った。出がけに気分のよくなかったことなどウソのようである。ためしに血圧を計ったら一四一に下がっていた。

忘れる

あるところで、モットーのようにしていることばはないか、と聞かれた。

とっさのことで、考えているヒマもない。口から飛び出したのは、「知らぬがホトケ、忘れるがカチ」というのであった。少なくとも近年は、なにかというと、このことばを思い浮かべる。座右の銘というほどのことではないが、なんとなく心が軽くなるのである。自分では気に入っているが、ヒト聞きはよくない。そのときの相手も、ちょっと変な顔をした。

もちろん昔から、そう思っていたわけではない。それどころか、逆の、忘れてはいけない、知らないのは恥、といった考えをそれとも知らず引きずっていたようである。不知、忘却は、年を取って、忘れっぽくなり、新しい知識を吸収する力が落ちてきたところで、気づいたこと。半ば居直り気味に考えたことである。

忘れれば頭はよくはたらく

こどものころ、学校へ行くようになるまで、覚える、とか、忘れる、ということばも知らなかった。

学校で忘れものをすると叱られる。ときにはうちへ取りに帰らせたりする。忘れものをしてはいけないことは幼い頭に焼きつけられる。いくら気をつけても忘れるときは忘れる。そうすると、こどもも自分を責める。

勉強でも、忘れてはいけない。試験に正しい答えを書けないのは、忘れるからだが、こどもはそうは考えないで、頭が悪いように思う。満点など滅多に取ることができないから、だんだん自信を失う。

中学生になると、試験は記憶力のテストであることがうすうす分かるようになる。普段よく勉強していれば、試験の直前になってあわてることはない。先生は無責任にそんなことを言った。従順な生徒が、それをマに受けて試験勉強をしないでテストにのぞめば、ひどい目に遭う。大切なことでも忘れてしまっているから、正答を出すことができない。

それで、直前の試験勉強をする。前の晩がいちばんいいと決めて、夜おそくまで習ったことを復習する。頭にいっぱいに詰まっているからといって、朝、頭を下げない子もいた。頭を下げると、せっかく覚えたことがコボれるとこども心に考えたのである。

試験勉強で頭に詰めこんだことは、試験がすむと、トタンにさっぱり、けろり、と忘れてしまう。こどもながら、それが惜しいように思うのだが、見当が違っている。忘れたほうがいい、忘れなくてはいけないのである。頭がいっぱいに詰まったままでは、新しい勉強の入る余地がない。にわか勉強で頭に入れたことはさっさと忘れるのがよい。いつまでも頭をいっぱいにしていて、新しいことを頭に入れようとすると、頭が悲鳴をあげる。なにもする気がしなくなってしまう。きれいさっぱり忘れると、頭はよくはたらくようになる。

そういうことをこどもは、自然に覚えるようになるが、忘れることが大切であると教えてくれる人もないから、多くのこどもが、もの覚えがよくない、忘れっぽい、頭がよくないなどという意識しないコンプレックスにとりつかれる。

思えばたいへんな不幸だといってよい。忘れるのが、必要な頭のはたらきであるとわかっていれば、こどものとき、若いときの生き方が変わったであろう。早いうちに、忘れるのが、大切である。実際には、一生、それを知らずにいてしまう人がほとんどである。

もの忘れを怖れず

中年を過ぎると、もの忘れが多くなる人が増える。高齢になると、なんでも忘れてしまい、病気と言われるようになる。忘れてはいけない、しっかり覚えておかなくてはいけないと考えるようになる。忘れるのを恐がる。

しかし、人間は、年とともに、忘れっぽくなる。そして、それが正常なのかもしれない。長い間生きてきて、頭の中はいろいろな記憶でいっぱいになっている。そこへ新しいことを持ち込んでも入れるところがない。それで片っ端から捨ててしまうようになる。覚えていないのではなく、頭に入れることができなかったのである。

詰まった頭の掃除をする必要があるのだが、忘れようと思ったりしても忘れられない、頭の掃除にならない。どうしたら、忘れられるか、そんなことを考えたこともないから、どうもうまく忘れられない。頭の中はガラクタでいっぱいになる。頭はこれ以上のことが入ってきては大変だから、とにかく忘れることに努める。もの忘れするはずである。

忘れないようにするには、まず、忘れることとである。そういう矛盾をうまく飲みこむ知恵を人間はまだ充分身につけていない。ただ、もの忘れをする、といって嘆くのは能のない話だ。

大事なことを忘れないようにするには、頭を整理して、それを記憶としてとどめる余地をこしらえなくてはいけない。つまり、頭を軽くする。余計なものは捨てる、つまり忘れる。そうすると新しいことを入れるゆとりができて、頭がよくはたらく。

忘却は自然の摂理

人間はみな、生まれながらに忘れる力をもっている。ものを覚える力も同じようにもっている。学校などでは、覚える記憶の力だけを伸ばそうとしていて、忘却の大切さを見落としている。

忘却は記憶と同じくらい大切な頭のはたらきだから、記憶だけをありがたがるのは正しくない。記憶するだけで、忘れるのを忘れていれば、頭は糞づまりになる。糞づまりは危険だから、それを防ぐために忘却があるので、きわめて健康な作用である。しかし、功利的な人間は、記憶と知識を大切にするあまり、それを整理する忘却を目の敵にする。

人間が記憶で知識を増やすことに気をとられて、その消化、排泄を忘れるようなことがあってはコトである。それを防ぐために、自動的忘却が用意されているのは自然の摂理である。

夜、睡眠中に、数回、レム睡眠をする。その主な役割は前の日に入ってきた大小さまざまな刺激、知識などを有用と無用に仕分けし、無用と思われるものを捨てる、忘れる。これを繰り返している。それでかなりの不要部分は捨てられる。つまり、頭の掃除ができるのである。

朝、目を覚ましたとき、気分爽快であれば、頭の掃除がよくできているのである。忘却のおかげである。目覚めが爽やかでないのはいろいろな理由があるに違いないが、頭にゴミが残っている、つまり、忘れ足りなかったためであることが多い。

昔の人は、レム睡眠だけで、頭の掃除ができていたのだろうが、世の中が複雑になり、情報、知識、刺激も激増している現代において、自然の摂理、レム睡眠だけでは充分でなくなっている。なんとなくすっきりしない、頭が重い、ユウウツだというようなことになりやすい。

年を取ると、レム睡眠の力が低下するのかもしれない。朝、目を覚ましても、若いときのように、頭のすっきりしていることが少ない。ことに夜、熟睡する時間が短いと、目覚めがよくなくなる。

忘れる方法

努力によって、ものを忘れるようにするのが新しい知恵である。忘れようと思うだけでは、なかなかうまく忘れることは望めない。

過去を振り返るより、前向きに、これからのことを考える。今していることが終わったら何をしよう、といったことを考える。そうすると自然に、古いことを忘れる。余計なことは消えてなくなる。

おもしろいことがあれば気分がよくなるが、そんなにおもしろいことがあるわけではないからいろいろ工夫する。親しい人と食事をして、われを忘れておしゃべりをする、というのも、楽しみで気持ちが明るくなる。一時的であるかもしれないが、頭のはたらきがよくなる。

このごろはスポーツがさかんである。自分でするスポーツではなく、見て楽しむスポーツに人気がある。ただ見るだけでなく、ひいきをこしらえ応援するようにすれば、テレビの試合でも充分に夢中になることができる。ひとつだけではなく、いろいろなスポーツのファンになって身を入れて応援すれば、体を動かさなくても、気分をよくする効果がある。若い女性はスポーツを応援していて〝元気をもらう〟というが、年を取った人間にとっても、活力をもらうことができる。

わたくしは、目の悪いこともあって、テレビは気象情報くらいしか見ないことにしているが、ひとつ例外がある。

NHKテレビで毎週日曜の朝八時から二十五分放映する〝小さな旅〟という番組である。いつも食い入るようにして見る。新しいことをいろいろ知って、おもしろいと思う。すべてを忘れて画面に没入する。あと瑞々しい気分になり、よしやるぞ、という気持ちになる。

Ⅱ 感情を発散させる

ストレス・フリー

イギリスのよく知られたコトワザに、
「心配ごとはネコでも殺す」（Care killed the cat）
というのがある。（ケアのK音とキル、キャットのK音が頭韻を踏んでいるか
ら調子がよろしい）
イギリスにはまた、「ネコは九つの命をもつ」（A cat has nine lives.）という、
やはりよく知られたコトワザがある。
ネコは高いところから落ちても、ちゃんと四肢で着地して無事であるところか
ら、滅多なことでは死なないと信じられるようになった。
そういう強いネコでさえ、心配ごとには勝てないで、命を落とす、というのが、

はじめの「心配ごとはネコでも殺す」の意味で、心配ごとは、それくらい、怖ろしい、ということを言ったもの。庶民の知恵の結晶である。近代医学でも、なお、心配ごとが健康の敵であることをはっきりとらえていない。一般の人間にわからないのは、当たり前で、そのために、多くの人が疾患に苦しむことになっている。

〝ドンマイ〟の起源

かつて、戦前、野球でしきりに、〝ドンマイ〟ということばが使われた。ミス、エラーをしたチームメイトを〝ドンマイ！〟〝ドンマイ〟と言って励ますのである。〝ドンブリメシ〈マイ〉〟だと思っていた人もいたが、れっきとした英語だったのである。ドント・マインド（Don't mind）のトとド音の落ちたもので、日本語なんかではない真正の英語である。確かなことはわからないが、そのころ、アメリカでしきりに使われていて、それを取り入れたものであろう。ほとんど日本語のようになっていたが、忘れられるようになったのがおもしろい。それなりのワケがあるに違いない。

野球で野手などがエラーをする。うっかりすると、それが尾をひいて、またすぐエラーをやらかすおそれがある。それで、〝気にしない〟〝平気、平気〟の意味のドント・マインド、ドンマイを使うのである。

エラーをしたこともさることながら、それにこだわり萎縮したりしてはいけない。ミスは早く忘れろ、という励ましなのである。

エラーより、それをくよくよ気にするほうがいっそういけない。早く、心機一転、つぎに備えよ、というやさしいかけ声なのである。

なかなか心理的な含みのあることばで、消えたのは、惜しい。〝ガンバレ！〟〝しっかり〟にない含みがあって効果的である。

知らない病気は治る!?

われわれの元気、活力を弱めるのは、心配ごとや、ミス、失敗に限らない。漠然とした不安が、案外、大きな害を与える。社会が複雑になるにつれて、好ましくない刺激、情報が活力を奪い、健康をそこなうことが多くなった。昔の人間の知らないことで病気になる人間が増える。それを、進化であるように思うのは、誤解である。

昔の人は、滅多に医者にかからなかった。それでも、元気で、〝一度も医者にかかったことがない〟のを自慢にしていた。本当に健康であったかどうかはわからない。たとえ、病気であっても、病気であることを自覚しない。知らない。知らない病気は知らないうちに治ることもある。それを自然治癒力と言うが、教育程度の高い人は、それを認めないで、すぐ医者にかかり、薬をのむ。そうなれば、はっきり病気になり患者になる。

戦前、農村では、一生、ほとんど病気を知らない、医者にかかったこともない人がかなりいたものだ。

そういう人が保険に加入しようとすると健康診断を受ける必要がある。診てもらうと、無病息災と思い込んでいた人が、思いもかけない病気があると言われ保険に加入できなくなることもある。

病気知らずを自慢していた人は、病気だと言われるとショックを受ける。自信を失い、くよくよ、心配をする。ことに敏感で感じやすい人ほど、大きな心的打撃を受ける。それまでピンピンしていたのが、元気を失い、本当の病気になることも少なくない。病気の早期発見、と喜ぶこともできないことはないが、放っておけば、なんでもないことを、病名をつけて呼ばれると、本当の病人になりかねない。〝ドンマイ、ドンマイ〟と言ってくれる人がなくても、知らなければ、気にしなければ、病気ではない。病気でも、そのうち、放っておいても治ってしまうことがある。人間の不思議なところ、おもしろいところである。

元気で病院などへ行ったことがないという人ほど、医師や病院から強い、有害な空気に悪く影響されやすいようである。それほどではなくとも、看護師の白衣を見ただけで、緊張するらしく、血圧が高くなる。病院の血圧のほうがふだんより高いのは少しも珍しくない。まして、医師から、どこそこがよくないと言われれば、それまでは何ともなかったところでも悪くなるかもしれない。

病院へ行くと不健康になる人があるのは、病院内の空気、ドクター、ナースの無自覚に与えるストレスのせいである。病院自体、いまなお、そのことを充分理解していないらしいのは、患者、患者未遂者にとって大きな脅威である。

医者にかかると病気になる!?

これは聞いた話で、細かいことはわからないが、医者にかかると、病気になりやすいことを暗示する調査が、北欧のある国で行なわれた。

条件の同じような勤労者を千名集め、A、B二組、五〇〇名ずつのグループを作る。Aグループには、医師がついて、定期的に健康状態をチェックした。片やBグループはなにもしないで放置した。Aグループのほうが健康的である、とわれわれは考えがちであるが、実際は何もされないで、放っておかれたBグループのほうが病人が少ない、という皮肉な結果が出て、世界の人をおどろかせた。

医者が診察したのがいけないのではない。医者の言うことを信奉し、ストレスを溜めるのがいけない。ストレスは下手をしなくても、病気を招くのである。

ちょっとした風邪くらいでも病院へ行く人が増えて、病院はどこも患者があふれる。評判のよい病院ほど混雑していて、順番が来るまで、何時間も待たされる。神経の太い人は気にしないが、デリケートな人の受けるストレスは小さくない。かよわい体の人はそのストレスによって病状が悪化することもある。病院へ行ってかえって病気がひどくなることがあっても不思議ではない。

病院がいけないのではない。病院が与えるストレスをもろに受けて、それをそのまま蓄積するのが危いのである。

ある人は、病院帰りに、ぜいたくなものを食べることにしている。そうすると、重苦しい気分も晴れて、元気になるという。ストレス発散を考えたのはただ人ではない。

「よく笑う医者はよく治す」

こうしてみると、ストレスは病気のもとであり、病気より怖ろしいことがわかる。現代のかかえているもろもろの不健康、不具合、障害の多くのものがストレスがらみである。それを、われわれは、まだよく、理解していない。庶民はしかし、本当のところをつかんでいた。「よく笑う医者はよく治す」ということわざを、ヨーロッパの知識人は何百年も前にこしらえた。ストレスを与えることがないから、よいのだ。

ストレスというのが、よくわからないはずである。ストレスが〝発見〟されてなお百年にもならない。二十世紀、初頭、カナダで発見されたストレスは、いまなお、一般に本当のことがわかっていない。

現在の日本には、四、五十代の女性中心に二千八百万人が腰痛に苦しんでいるそうである。勤めている人にことに多いが、治療の方法が確立していない。原因がはっきりしていなかったからである。もっとも大きな原因はストレスである、ということが、ようやく、近ごろわかってきた。心因性である。物療などで治そうとしていたのは時代おくれであったのである。ストレス源を絶つことが大切である。ただ、ストレスをなくするのではない。ストレスゼロでは生きることが難しいのである。ストレスは必要である。ただ、溜めすぎると、ストレス・メタボリック症候群の引き金になる、それが怖ろしい。

ストレスがひきおこす不具合は腰痛だけではない。潰瘍性疾患、がんのかなり多くがストレスによるらしいということは医学の常識になりかけているが、それに対応する、知識と技術はまだ未熟である。

ストレス解消の知恵

現代人が、心身の健康を保持するには、ストレス処理についての知恵が求められる。ストレスが溜まると諸悪、諸病の原因になるらしいことがわかってきた。

どうしたらストレスを少なく、なくするかについて、もっと真剣に考えなくてはならない。

わたくしは、悪いストレスの無い状態をストレス・フリー（stress-free）と勝手に呼んでいる。この〝フリー〟という英語がすこし厄介で、学校の教える英語では、フリーは〝自由（な）〟ということだが、ここでいう、ストレス・フリーのフリーは、それではなくて、〝（の）ない〟という意味である。近年、このフリーが使われ出したが、なお、一般にはフリーの意味がはっきりしていない。

〝フリー〟を〝ない〟の意味で日本で使い出したのはビール会社であった。ノン・アルコールのビールを売り出したキリンビールはアルコール・フリーの意味をこめて、〝キリン・フリー〟というノン・アルコール飲料を発売した。苦心の命名だが、フリー＝自由と思い込んでいる人たちには、ノン・アルコールの意味が伝わっていなかった（フリーは拘束、束縛が〝ない〟から〝自由〟の意味が生まれ、これが中心的意義になってしまった。そのため、アルコール・フリーということばがわからないのである）。

アルコール・フリーでは語呂もよくないからであろう、いまは、ノン・アルコールという呼び方が定着したようである。

ストレス・フリーというときのフリーは、この〝ない〟というフリーである。わたくしの造語だから、わからなくてもしかたがないけれども、ストレスを考える場合、新しい視点であると考えるから、あえて、このことばを用いた。

高齢者だけでなく、ひろく大人にとって心身の健康の基盤になるのが、このストレス・フリーであると考える。

年を取ると、人間、好むと好まざるとを問わずストレスが溜まる。老化現象の多くがこのストレスによって起こっていると考えるのである。元気に、生き生きと加齢するには、まず、ストレス・フリーにならなくてはならない。それができないとストレスにやられて、生きる力を失い、さまざまな成人病、老人病を背負い込むことになる。

医学だって、手をこまねいているわけではないだろうから、いずれ、有効なストレス・フリーの方法、技術を開発するに違いない。ただ、われわれ、中高年にはそれを待つ時間がない。それで、ストレス・フリーになる素人考えを、なるべく広く紹介した。どれだけ有効であるか、もちろん、本人にはわからない。読者の批判を仰ぎたいと思う。わたくし自身は、これによって、かなりストレス・フリーの状態に近づいてきたように思っている。若いときからどちらかと言えば、弱かった人間が、九十歳を越えて、かえって壮健に近づいてきたように考えられる。ストレス・フリーで生きてきたおかげであると思っている。

ストレスにも新陳代謝

ストレスが溜まると、いろいろまずいことが起こる。気分がすぐれない、といったことにとどまらず、いろいろの不調、疾病の引き金になる。ストレスを溜めてはいけない。

だからといって、ストレスを減らしすぎたストレス・フリーの状態にとどまるのも、過多と同じくらいよくない。活動して新しいストレスを取り入れないと、体力、気力が低下するのである。つまり、ストレスは新陳代謝しているのが望ましい。溜まったら、発散、放出して、ストレス・フリーの状態にする。そこで、新しいこと、別の活動をして新しいストレスを溜める。減らして、溜めて、という交代を繰り返していて、心身の生活のリズムが生まれ、それにともなって、元気、活気のエネルギーも生まれる。

高齢になるにつれて不活発によるストレスが溜まりやすく、それによって老化が進むことになりやすい。ストレス・フリーになるよう努め、同時に、新しいストレスを吸収。そして、それを発散。このプラスとマイナスの交錯によって、命のリズムが生じる。このリズムがしっかりしていれば、年を取っても老化しないですむ。

高齢になると、ストレスを溜めるほうは順調でも、これを放出、発散、消去することはそれほどうまくいかなくなる。ぼんやりしていてはストレスにしてやれるから、せいぜい動いて、喜怒哀楽を活発にして、ストレス・フリーを目ざす。いくら動いても、仕事をしても、完全にストレス・フリーになる心配はない。新陳代謝のリズムさえ心得ていれば、人間は、いつまでたっても、若々しく、活動的でいられる。

そういうのが、新しい年の取り方であるように考える。こまかいことは、めいめいその方法を考えよう。

怒ってよし

「ハラが立ったら、怒るほうが体にいいようですね」

と言うと、相手が、

「ひとに、いやな思いをさせるのは、いやですね」

と、おだやかなことを言う。現役の社長だから、良識的である。本人ではなく、まわりの人のことを先に考えれば、そうなる。

世の中は、本人よりまわりの人のほうが多いから、本人にとってよいことでも、ほかの人にとって好ましくないことはいけないことにされる。

怒ることは本人にとってプラスであっても、その怒りを受ける側の人にとっては好ましくないことになる。多数決というわけではないが、怒りはいけないこととなるのである。

しかし、そういう常識にとらわれないで、本人の立場に立ってみると、怒るのは健康的である。少なくとも、ぐっとこらえて我慢するよりずっとよいことは誰にもわかるだろう。

これは聞いた話だが、心臓疾患で手術を受けると、何年かして再発する人があらわれる。再発しないのは、怒りっぽい人に多いという興味ぶかい調査結果がある、という。

つまり、怒ったほうが、体によいということで、弱い心臓はそれを如実にあらわす、というのであろう。ちょっと考えると、逆のように思われるが、怒りが、悪い緊張を溜めない、ストレスを除去する効果のあることは注目すべきことである。怒ることはそれ自体、あまりよいことではないが、怒りをこらえ我慢しているよりは体にも心にもよいのである。

怒りは新しい養生

そういうことがわからなくなるほど怒りということは嫌われている。嫌うのは、先にも述べたように、怒りを浴びる、怒られる側の不快がもとである。怒る本人が、それに遠慮（？）して、怒りを抑え込んでじっと耐えているようだと、いろいろの障害を起こすかもしれない。そういうことをほとんど考えないから、怒りっぽい人は、嫌われて、孤立しがちになって、そこでストレスを溜めることになる。ハラが立ったら、無理にこらえたりしないで、発散したらいい。受ける側はおもしろくないが、怒りが自然の心理であることを考えて、怒られても、軽く受け流すことができればよい。そういう境地に達している人がいまのところ少ないから、怒りっぽいのはよくないことだと決まってしまうのである。

若いときから一生のあいだ、たえず怒っている、という人もまれにはあるかもしれないが、多くは、年を取るにつれて、怒りっぽくなる。年とともにおだやかで、怒ることを忘れる、というような人はまずない。

老人は、なにかにつけて、ハラを立てる。怒る、叱る、不平を言う。それは、年を取ると、心身ともに疲れやすく、傷つきやすい。それを我慢し、乗り超えるのが生きていくことだが、心身ともに活力の低下する高齢になると、コントロールがきかなくて、ハラの立つことがあれば、正直に怒る。それは自然が命ずることで、へたに抑圧、内攻させると、心身の障害を招くことになりやすい。

昔から、思ったことを言わずにいると、体の調子がおかしくなる、「思うこと言わぬは腹ふくるるわざなり」というが、怒りをあらわさぬのは、思うことを言わない以上に、腹ふくるることになる。腹ふくるる、というのは、満腹ということではなく、ストレスが溜まって、肉体を傷める、の意である。

元気で活動的な生き方をしたいと思ったら、高齢者は心を鬼にして、自然にしたがって、ハラの立つことがあったら、どんどん立てる。無理に立ったのを横にして押し込めようなどと考えないのが積極的で健康な生き方である。

いまの老人は、世の常識に気兼ねして、怒りたいのに怒りを抑えるのを美徳のように考えがちであるが、わが身を愛するならば、たとえ人から悪く言われようと、怒りを抑えたりしないで、どんどん怒りをぶっつけるのが、少なくとも、心身の健康につながるという認識をもって生きるのが知恵である。怒るときには怒る——それが老人を活性化する。怒ってよし、怒ったら、それを素直にあらわす。へたに、抑え込んで、ストレス性疾患を背負いこまないようにしたい。

怒る、ということは、多少、ハタ迷惑であるが、禁止してはとんだことになる。むしろ、活発に、ひんぱんに腹を立て、怒り、それをぶちまけるのを心がけるのは、新しい養生訓である、と考えるくらいにしたい。コワイのは怒りではなく、それを封じたときに生ずるストレスである。人間、怒りでは死なないが、ストレスでは多くの人が命を落とす。

新しい敬老とは

実際問題として、怒りはそれをぶっつけられる他者が必要である。ひとりで怒ることもあるが、たいてい怒られるものがいて怒りは体をなす。受ける側にとって、叱られたり、怒られたりするのは楽ではない。それがストレスになることもなくはない。嫌がられるのは当然である。しかし、年寄りにやさしくしたかったら怒られ役、叱られ役になるのはたいへんな労《いたわ》りである、と考えるようにしたい。自分のストレスになっても、高齢者のストレスを払拭するのはたいへんな善行である、というように考えれば、老人の幸福は大きい。

いまどき、敬老の精神など、口にすることもないが、高齢化時代における新しい敬老は年老いた人の怒り、不平を、適当に受けとめることによって成立するように思われる。

企業などでワンマン社長の怒りの受け皿として秘書をかかえているところもある。ひとつの知恵である。社長を活躍させるには、怒られ役がいたほうがよろしい。昔の王侯、貴族が多く、道化（フール、バカ役）をかかえていたのは、主人の怒りの処理役としてのはたらきが評価されていたのであろう。昔の人も、案外、よいところに気がついていたのである。

いまの世の中で、叱られ役をかかえるとか、つくる、といったぜいたくは許されない。家族でも、怒られたりするのはおもしろくない、というので、取り合わないで、年寄りを孤独に追い込む。それがどれほど老人にとって危ういことか、年寄りも、若い人も考えようとはしない。不思議である。

まわりに受けとめてくれる人がいなければ怒り甲斐がない。じっとこらえていれば、これまで述べたようにストレスにやられやすい。そうでなくても元気を失う。

腹が立っても、ぶっつける相手がない。とすれば、内攻させるしかないが、これが大敵、諸悪の源になりかねない。なるべく早く、吐き出して、さっぱりしたいが、相手がない。まさかネコを相手に怒ることはできない。

昔から、モノに当たる、といった。人に当たるとさしさわりがあるとき、モノに当たって、うっ憤をあらわす。ドアをわざと乱暴にしめる、ものを投げ出す。手荒く扱う。それで、ストレスがなくなれば、こんなめでたいことはないと言ってよい。

人間、怒らなくなったら、もうおしまいである。年を取っても元気でいたかったら、よく怒るようにするのも一法である。へたに不快なことを抑え込んでいると、ハラふくるるわざ、病いにやられる。

老人、怒ってよろしい。怒ったほうが健康的である。

泣くもよし

このごろの赤ん坊は泣かなくなったのであろうか。

電車に乗っている母親に抱かれたりしている赤ちゃんはたいていおとなしい。戦前だと〝火がついたように〟泣く幼児にたえず出くわしたものである。

その昔の人は〝泣く子は育つ〟といってみどり子（乳児）の泣くのにむしろ好意を示し、うるさいのを我慢していたのであろう。近年では泣き声がうるさい、不快であるという大人の気持ちが強くなって、赤ん坊が泣かないようにしつけられているのか。もしそうだとすると、こどもの将来の健康が心配になる。

みどり子だけでなく、大人もかつてほど泣かなくなった。泣いたりしては見っともない。ことに男は涙なんか見せるものではない。そういう感じ方がいつの間にか広がっている。ことに男性は泣いてはいけない。女性はいくらか泣く権利をもっているらしい。

アメリカでは、人前で泣いてはいけない、ことにエリート、リーダーに涙は禁物だという暗黙のコンセンサスがあるようだ。ウォーターゲイト事件で、窮地に立っていたニクソン大統領が、テレビに映っているとき感極まってか、涙を見せた。これがアメリカ国民に失望を与えた。それまで、いくらか同情的であった人たちも、その映像を見て、大統領を見限ったといわれる。ニクソンにとって命取りの涙だったわけである。

アメリカ人が涙を流すのを美しくないと感じるようになった。肉体労働で汗を流すのが当然で、健気なことであるという感じ方が、デスクワークが多くなり、暑いときには冷房もあるという生活が普通になると、消えるのは是非もないことであろう。しかし、そのためにアメリカ人の失ったものは、目には見えないが、かなり大きいように思われる。

論より涙!?

泣くこと、涙を見せることに関しては、女性は男性より恵まれている。嫌われないだけでなく、しばしば救いになることもある。

大学の論文審査の面接をしていると、女性の涙に負けることがある。男子学生なら、かなりひどいことを言われても、ぐっとこらえているのか、顔色も変えない。男子学生で泣き出したという話は聞いたことがない。ごくまれなのであろう。ところが女子学生は、なんでもない注意でも涙をうかべる。男子の教師は、女性の涙に弱いのが普通だから、泣かれると、とたんに鉾先をひっこめて、いい加減な対応でケリにすることになりやすい。中には、泣かれても追究の手を緩めない剛のものもあるらしいが、異例である。

STAP細胞の論文について理研の小保方晴子リーダーが、記者会見をした。そういう難しい情況で、自己の正当性を主張するというのは勇気のいることである。

記者から意気地悪い質問が飛んでも、たじろぐこともなく、受けて立っている姿は健気であった。

ところが、会見が半ばを過ぎたころ、小保方リーダーが涙を見せた。それで会場の空気が一変する。男性記者が、追究をゆるめたばかりか、同情的な調子になり、攻撃的質問を封ずるような発言すらあらわれたりした。小保方リーダーは涙に救われたのである。涙の力は大きい。ご本人も、泣くことで、心の中の緊張を弛緩させることができたであろう。いくらか爽やかな気持ちで記者会見を終えたとするなら、それは涙の手柄だと言わなくてはなるまい。

韓国の貨客船「セウォル号」の沈没事故は国政をゆるがす大問題となった。朴大統領は何度も国民に、謝罪すると述べたが世論は責任追究をゆるめなかった。六回目の謝罪で、朴大統領ははじめて涙を見せた。

その涙がきいたのであろう。世論が大きく変わって、大統領支持勢力が大幅に増えたと伝えられる。やはり、論より涙、である。

命を延ばす涙

こどもも女性も男の大人より強い、とすれば、涙を流し、泣くことによって、自ずから相手の心の中のワダカマリを解消することができるためであるかもしれない。泣くことを封じられた男性はまことにきびしい立場に置かれていると考えるべきである。

ことに、おじいさんは、泣く手を封じられたために、どれくらい寿命を縮める思いをしていることか。お互いによく考えてみたい。

老人は赤ん坊に似ている。昔、還暦になると赤いチャンチャンコを着て、生まれ替わったようにして祝った。年寄りは、赤ん坊にはなり切れないが、なるべく、赤子の心を取り戻したい。

そのゆうたるものが、涙であり、泣きである。いい年をして、しかも、男たるものが、涙なんか見せられるものか、泣くなんて、とんでもないといきまくかもしれない。短慮である。命を大切にしたかったら、心を鬼にしても泣いて涙を流すことである。人がどう思おうと、かまうことはない。わが命のほうが大切である。その命は、泣くことでいくらかは延びる。縮むことはない。

実際、人と話していても、思いもかけないときに、目頭のうるむことがある。あれはすこやかな生理反応で、決して老齢ゆえに涙もろくなっているのではない。老若とも、涙に寛大になるのがやさしい社会である。

だいたい、年を取ると、若いときより、涙もろくなるのが普通で、ちょっとしたことで涙が出てくる。といっても別に恥ずかしいことではない。それによって、心理的、生理的ストレスを解消して、健康を維持するのに役立っているのであると思うのが現実的である。

気の毒な人の話を聞いて涙を流す。あと、なぜか清々しい気持ちになり、不思議な元気の湧いてくることもある。相手の手柄話を聞かされてもそういう純な気持ちにはならないのだから、たしかに涙は浄化の作用をもっているのである。

「泣き不足」の解消法

そうそう涙を流すようなことがあっては困る。すると、泣き不足、涙不足のウツ状態になって、健康によくない。老いを早めることにもなる。

芝居というものがある。どんな悲しそうなことも絵空事である。お涙ちょうだい芝居はいくらでもあるから、そこで存分に涙を流す。人前ながら遠慮する必要はないといって存分に泣いて帰れば、気分は爽快である。生きる意欲も高まっている、とすれば入場料はクスリ代のようなもので、良薬ながら口にニガくないところがミソである。

涙ちょうだいの話なら、なにも劇場まで足を運ぶまでもない。

悲しい話、哀れな話、気の毒な話を載せた本は、その気になれば、いくらでも見つかる。それをひとり読めば、泣くも嘆くもまったく自由である。なんなら読み返して復習することもできる。高齢者の読書は、泣くか笑うかのものがいい。

変に理屈っぽいのは敬遠するのが賢い。いまさら、ためになる本を読んでもなんにもならない。それより、心の中にできているシコリを流してくれる本を読むことが、健康になり元気のでる早道である。

これは決して死者を冒涜するものではないが、さして親しくもなかった人の葬儀に参列すると思いがけない涙のこみ上げてくることがある。しみじみした気持ちになる。知られた人が亡くなると、何百人という人が葬儀に参列する。亡き人を悼む心があるのはもちろんだが、わざわざ出向く義理はなくとも、霊前にぬかずくと悲しみの情が込み上げてきて、泣く寸前、涙がこぼれそうになる。

泣いてはいけない、見っともない、というのは、外見にこだわる現代の偏見である。

よく泣き、よく笑って、おのずと清々とするのは老人の健康法である。

ケンカの元気

いつかの総選挙のときに、ホメ殺し、という攻撃法があるのを知っておもしろいと思った。

敵と張り合っているとき、相手を攻撃するのが常道である。その逆手をとって、相手をホメちぎって、相手に手も足も出ないようにするのは、高等戦術である。シロウトの考え及ぶところではない。常識的なのは、敵の欠点、よくないところをやっつけるのであるが、ホメ殺しは、そんな単純な攻撃ではない。相手の非難、攻撃をされた側は対抗して敵意をあらわに反撃する。ところが、思いもかけず、ホメる攻撃を受けると、反撃の手がない、対抗心も抑えられる。反撃の鋒先もニブる、というところを狙った心理作戦である。

人間は攻撃されると、防禦のために大きな力を発揮するが、ホメられると、弱くなってしまう。そういう習性をうまく利用したのがホメ殺しである。これに対抗する手があるのであろうか。ちょっとやそっとの知恵では、これに対抗することは難しいように思われる。

これは開業医の家庭の老人、一種のホメ殺しである。義父母の老親がそろって元気である。なるべく早く消えてほしいと考えた院長夫人はなかなかの知恵があった。立派なマンションに移らせ、毎度の食事を高級レストランから届けさせるようにした。ときおり温泉や旅行へ送り出した。

老夫婦、大いに喜び、こんないい嫁はないと言い触らしていたが、たちまちのうちに老い込んで、あっという間に、そろってあの世へ行ってしまった。院長夫人の敬老作戦はみごと図星だったのである。

そういう話を伝え聞いて真似る向きが、ひところは少しあったらしいが、長続きしなかった。老親いじめより、親切攻めにするのはそれなりの力がいるのである。カネと知恵がなくては敬老殺しはうまくいかない。世の中のためには、ことに高齢者にとっては、ありがたいことである。

「敵」は長生きの妙薬

まわりがやさしく、あたたかいことは、年寄りにとって、いかにもありがたいようだが、実はありがたくないのである。やさしくしてもらえば幸せだと満足する。苦しくても、いやでも生きていくという意欲は消えるともなくなる。依存症になる。

自立自尊、自分のことは自分でし、人の手を借りない。苦しいことがあっても自力で乗り越える気概をもつ。安易に助けを求めたり、援助を受けない。そういうときに、他人の親切はむしろありがたくない。自分が弱くなるのだと思えば、心のともなわない親切、援助はたいへん危険である。近づけないほうがよろしい。

まわりがみな味方だと思っていると、人間は力を失って弱くなる。反対に、まわりに敵がうようよしていると思えば、どんなノンキな人間でも、緊張、努力して、気をゆるめず自らを励ます。活力が出る。元気が湧いてくる。それをうまく使って、厄介な仕事をこなすというのが、高齢者の生き甲斐である。まわりからは、嫌がられたり、誤解されたりするおそれは充分あるが、老年を生きるには多少のことは目をつむる必要がある。ホメられて早死するも可、嫌われて元気に長生きするも可。何もしないでなんということなしに死んでいくのはおもしろくない。

平和的ケンカ

勉強会をしているグループがある。二十年近くも前にわたくしが言い出してつくったものである。文章の勉強をしているのだが、歌人や文学好きの人が多い。あるときみんなでおしゃべりしていて、わたくしのことを快く思っていない人がいることに気付いた。親しそうな口をきいているが、心中、敵意に近いものをかかえているのは、不潔だと立腹。なんとか、反撃したいが、はっきりした侮辱を与えたわけでもない相手にケンカを吹っかけるわけにはいかない。

そうかといって、このまま、知らん顔をつづけては、体に悪い。ストレスになる。ストレスは諸病のもとだから、何としても晴らさなくてはならない。

そう思っていると、このグループにはもうひとり、わたくしのことを快く思っていない人のいることもわかった。これも、はっきりした根拠があってのことではないから、ケンカを売ることもできないが、黙っていると心のしこりになる。

ほかの人たちの友情、好意ということもあるし、この二人をいなくすることはできない。それでは、我慢するか、と考えたが、それはいけないと思った。

もっとも平和的（？）にケンカするのは、こちらがグループから出ればよい、と思いついてさっそく、退会、離脱することにした。グループのメンバーはなぜ唐突にやめると言い出したのかわからないから、少しばかりゴタゴタしたが、こちらは、それでケンカをすませたようなもの。あとあと、すっきり。気分がいい。生き甲斐の日々と感じることが多くなる。ケンカによって、元気になったのだ。

昔から、老人は怒りっぽい、という。だてに怒っているのではない。怒って元気を出しているので、いわば天の配剤によると言ってもよい。怒るだけでも、ストレス解消の効果はあるが、はっきりケンカをするとひととき人間が変わるくらい興奮する。多少、若返っているかもしれない。ケンカは老人にとって養生のひとつであるかもしれない。

三十年来、親しくしていた友人が、あるとき、悪意のある茶化しの手紙をよこした。ハラが立った。しゃくにさわった。すぐにも誤解をとけ、とケンカしたい気持ちになったが、こちらは、気が弱い、相手が恐い、本当のケンカはやはり避けたいと考えて、絶交を決めた。絶交を通告するのもいまいましいから、一方的に絶交した。相手はそんなこと知らない。時々、手紙を寄こしたり書いたものを送ってきたりする。こちらはいっさい無視、取り合わない。そのたびにケンカを再燃させるのである。

とても人に聞かせられることではない。しかし、こういう愚かなことをしていて、不思議と元気になるのだから、おもしろい。

ケンカといってもやり合うのではない。絶交するのである。しかし、それによって得る気力、元気、活力はバカにならない。気の小さい人間は、こういうケンカによって、気を大きくすることができる。

ケンカ、といっても、こどもではない。面と向かって言い合ったりする、みにくいことは避けたい。しかしケンカの力は借りたいと考えると、絶縁、絶交がもっともおだやかな方法であるように思われる。それで充分、ケンカの効果を受けることができる。

ハラが立つたびにケンカをし、ケンカの仲直りは考えず、絶交となると、自分の世界はだんだん小さくなってくる。

それは困るから、年を取ってから、親しい友をつくるのにいろいろ心砕く。これはケンカのようにには、うまくいかない。新しい友をつくるのは、たいへん難しい。それだけに新しい仲間ができると新しい世界が開けたような気がする。

威張ってよし

人が三人集まれば、かならず、威張るのができる、と言った人がある。威張るのは人間に深く根ざす本能であるというのである。

二人でも威張ることはできるが、相手がひとりでは、張り合いがない。大勢を前にして威張ると、手ごたえが違う。

はっきりした手柄があって威張るのは、聞き手も我慢しやすいが、ただ、なんとなく威張られるのは、ひどく不愉快である。

それで昔から、謙虚が美徳となり、威張るのは悪徳のようにされてきた。

気の弱い人は、常識的になって、威張りたいことも、抑えて、黙っている。それはよいことだと、世間は考えるが、当人にとっては思わぬ害がある。運が悪ければ、やっかいな潰瘍性の病気になったりするおそれもある。

これは実際にあった話。

ある人が、勤めている高等学校で、教頭になった。それはいいが、気分がすぐれない日が多くなったのである。どうしてかはもちろんわからないが、どうも、自分を抑えなくてはならないことが多くなったことが大きな原因であることに思い及んだ。内省力のすぐれた人だったのであろう。

ヒラのときには誰はばかることもなく、大口をたたいていた。若いものには威張ってみせることもあった。

しかし、教頭という中間ながら管理職になった以上、以前のように思ったことを自由に言ってはいられない。威張っている、と批判を受ける。ヒラのときの威張りは愛嬌だが、上役が威張るのはおもしろくない。

自粛したこの新教頭は教員からは評判がよかったけれども、健康のほうが目に見えない打撃、打撃とも思われないストレスにやられたらしい。早々に倒れた。十二指腸潰瘍にやられた。普通の人のめったにやられない病気である。

この教師、病気を克服して、校長になった。校長なら威張るのはお手のもの。少しくらい、威張ってもとやかく言われることはない。この先生は、あまり威張らないというので名校長と言われた。

こちらは、老舗の三代目。若くして、専務取締役になって得意であった。田舎のことで、まわりは、若いくせに〝頭《ず》が高い〟、〝高慢ちきだ〟と、評判が芳しくない。しかし、本人は張り切って、すこぶる元気である。昔から、〝売り家と唐様に書く三代目〟と言うように、三代目は難しい。よほどの能力があっても、うまくやって行くのは容易ではないのである。

この三代目、もちろんそんなことを弁える器量はない。威張りちらして大きな顔をしていて、あっという間に、会社を破産させてしまった。

つぶれた会社の役員なんか相手にするものはないから、この三代目は人に言われぬ苦労があったらしい。再起の目途も立たないうちに、奇病、難病にかかって、人生を終えなくてはならなかった。威張っていたのが、威張れなくなったのが発病の最大の原因であったと思われる。家業がつぶれても、威張ることのできるところが残っていたら、かからなくてもよかった病気である。

威張るという生き甲斐

実際には、威張りたいのに威張れないで、ストレスが溜まって、病気になる例がどれくらいあるかわからない。威張るのはいけない、という常識のために、それが見えなくなっている。

つまり、威張るのは、威張られる側にとっては不愉快なことであっても、威張る側にしてみれば、生き甲斐のひとつである。それを封ずれば、心が傷《いた》むのである。体が病むことにもなるのである。

威張りについての考えを改めなくてはいけないのではないか。昔は、いまより、威張りやすかったようで、家庭でも、親、ことに父親が、家長といって、威張っていた。それはたいへん健康的な一面をもっていた。それをデモクラシーがつぶしてしまった。親子は友だちのようになって、それが新しいように言われる。親が威張ることはできない。それで、心身を病む人が増えているに違いない。

職場でも、上役が若い人を叱りつけるなどということがいけないことのように思われて言いたいことも言えない。これがたいへん危険であることを現代はまだよく理解していないようである。

年を取ると、いよいよ威張りたくなる。それを考慮して、年寄りに威張らせてあげようというので、〝敬老〟の文化が生まれた。敬老社会にいれば、わざわざ威張らなくても威張ったような気になれる。それが老人の健康を支えているとまでは考えなかっただろうが、実際には、老人の保健に大きな役割りを果していたのである。

いまはその敬老が消えてなくなりかけている。年寄りは自己実現の場がなくなろうとしているのだから、自分で、その場をつくらなくてはいけない。

人が嫌うからといって遠慮してはいられない。威張って、ストレスをなくすることで、生き生きとした心身にするのは、よいことである。他人に不快を与える点は、この際、目をつむる。そうすれば活力のある老年になる。

年を取った人が集まったところでの話にロクなことはない、と若い人が言う。若い人だって、ロクなことを話すわけではないから、老人侮辱である。しかし、実際に、年寄りはほかに話すこともないから、自慢話をするのである。自慢も威張りの一種であるから、本人はいい気になるけれども、相手はおもしろくない。

年を取ったOBのクラス会などだと、みんな孫の自慢話ばかり。孫がないと、自分の病気を自慢する。それがいやだから同窓会クラス会には出ない、という人がある。

しかし、自慢を嫌うのは、古い考えである。聞かされる側にとっては人の自慢話ほどつまらないものはないが、話す側にしてみると、こんなに楽しいことはない、と言ってよい。相づちを打ってくれる人がいれば、時を忘れてえんえんと続けることができる。

存分に自慢話、手柄話をしたあとのすがすがしい気分は、ほかの人にはわからない。

ただ、いい気分だ、というだけではなく活力が湧いてくる。元気が出る、のである。

新しい自力更生とは

健康法として、威張って、自慢して、という手があることを二十世紀の人たちは知らなかった。そのために、多くの人が原因不明の心身の故障を背負いこむことになった。医学はそれに対する療法を求めようともしない。われわれ老人は自力更生、新しいストレス対処の方法を考えなくてはならない立場に置かれている。

これまで、威張ってはいけない、自慢はみっともない、と決まっていたのだが、世の中が大きく変わって、これまでの常識が通用しなくなっただけでなく、逆のことがよいのだという発想の転換を求められている。

高齢化はどんどん進んでいるが、カクシャクたる、元気いっぱいの老人はそれほど多くなっているわけではない。生きてはいるが元気がない。そういう高齢者を活性化するために医療や社会福祉もするところはあまりにも小さい。

老人は、他人、社会に頼らず、自分の力で活力をもち、元気になることができれば、それだけで大きな社会貢献である。

とりあえず、実行しやすいところから始めるとして、威張るもよし、自慢も悪くない、をモットーにする。ただ、威張られ、自慢を聞かされる相手を見つけるのは、口で言うほど楽ではないが、それを考え、実現させること自体が、老年の活性化になる。

Ⅲ

〝日々にわれわれは賢くなりゆく〟

風のように

イギリスの二十世紀最大の女流作家ヴァージニア・ウルフは六十歳を前に自殺してしまうが、老いに向かっているときに、〝縮み〟(shrinkage＝シュリンケージ)を、嘆いていた。年を取ると、世間が、心の世界も、縮んで小さくなるというのである。ふつうの人が〝衰え〟ということばで言いあらわすことを、より具体的にとらえているのが注目される。

人間はある年齢を過ぎると、自分で、自分の世間を小さくする。長年勤めていた人が、退職するとたんに縮小がはじまる。現役のときには、たとえば、三百枚の年賀状を出していた人が、勤めを辞めると、仕事の上のつき合いを中心に、発送のリストを縮小して、二百枚にする。

ところが、来る年賀状は、それにも及ばないことがある。あわてて、次の年の年賀状を五十枚減らすことを考える。年々縮小というわけではないが、決して増加することはない。これが、その人の世界の縮小を如実にあらわす。その人の精神的生活が不活発になっていくのである。生き生き年を取りたかったら、年賀状をどんどん少なくするようなことは避けるのが賢明である。

シュリンケージ（縮小）予防

縮小は防ごうとしても、限度があって、防ぎ切れるものではない。もっともいいシュリンケージ（縮小）予防法は、拡大である。いままでにないものを新たに身につければ、多少とも肥大の実をあげることができる。もちろん、肥大が過ぎれば、心的メタボリック症候群になる恐れがあるけれども、実際にはまずその心配はない。

生活の拡大は手近なところから始める。まず新聞を本気になって読む。

新聞なら何十年来、読んでいる。たいていの人がそう言うだろうけれども、本当に読んでいる人は少ない。ない、と言ってもよいくらいである。

たとえば、いまとっている新聞の社説が、何ページにあるか、はっきりしている人は変わった人であるかもしれない。もちろん、滅多に読まない。読んでもよくわからない。おもしろくもない。というので二度と読むことをしなくなる。それを、あえて読むのである。

一般の人で、外交問題、外電に関心をもつ読者は少ない。やはり、おもしろくない。普通の人間が読むように書かれていないのだから仕方がない。社説も、社内では文章のうまい人が論説委員になって書いているのだが、一般読者が読んでくれないから、おもしろい社説にならない。

おもしろくなければ読んでやらない、というのであれば、読める新聞はないことになりそうである。かつての新聞は、社会の木鐸《ぼくたく》だと胸を張った。木鐸ならおもしろくなくてもかまわない。それで、新聞は安心して、おもしろくないことを報じることになった。おもしろくしたりしては、木鐸が泣くと思っているのかもしれない。

新聞を読むのは、たいへん、難しいのである。近年の若ものは難しいことは悪いことと思っているから、新聞をとらない。高齢者は臆病だから、新聞をやめる勇気はないが、読むのをやめる。見るのさえもやめる人が年齢が高くなるにつれて多くなる。

それを、朝刊症候群だと言う専門家がいる。老化の走りだというわけで、警戒を要するというのである。

「新聞を読む」という荒業

精神的に老化がいやだったら、おもしろくなくても、おもしろくないからこそ、新聞を読むという荒業をすることである。本当に新聞を読んだことがない高齢者にとって、本当に新聞を読むというのはたいへんな苦業である。

なにしろこのごろの新聞は四十ページである。普通の本の一冊半分の活字が詰まっている。それをすべて読むことはできない。なんとか全ページに目を通したいとすれば、工夫がいる。まず、ページごとに見出しを見る。興味のある見出しのものを一つ読む。どのページもその方針で読む。これまで見向きもしなかったページでも、なんとか、ひとつは読むようにする。そして疲れたら広告を見る。広告は読者の目をひこうとして工夫してあるから、ときに、おもしろいものがある。

いちばんおもしろいことになっている終りのほうの社会面もバカにしないで、しっかり読む。

気に入った記事があったら、切り抜いて、袋などに入れて保存する。テーマごとに、袋を替える。だんだん切り抜きが増えていくのは楽しいものである。

博学多識の大家といわれた森銑三《もりせんぞう》氏はこういう袋をこしらえていて、袋がいっぱいになると、その中の切り抜きを整理して一冊の本を書き上げた、という。

本を書くのはともかく、切り抜きをつくって新聞を読むのは知的な作業であって、頭を若々しくする効果は小さくないように思われる。新聞も読みようによっては人生学校のテキストになる。アダやオロソカに思ってはいけない。

年を取る前に、われわれの頭はシュリンケージを起こしているから、新聞を始めから終りまで全部、目を通すことはできない。それを改めるのは大きな知的前進である。経済に関心のない人には、市況を報じるページは広告以下の価値しかないが、頭を活性化するには、おもしろくなくても、わからなくても経済ニュースを読む。そうすると、やがて、ものの見方が少し変わってくる。知見が広まる。

テレビ、ラジオも新聞と同じようにマス・コミといわれているが、はっきり娯楽であるから、おもしろさが浅い。ことにスポンサーのために番組をつくっているような放送局のものは、つまらない。むやみやたらに笑ったり、騒いだりするショーを見ていても、やがて飽きがくる。もっと、おもしろくない、しかし、有用なメッセージがあるはずだが、視聴者の趣味がいまのような状態では、視聴者の心の糧になるものを求めるのは無理であろう。心ある視聴者が増えれば、もう少し高級なおもしろさのあるプログラムがあらわれるようになるかもしれない。

デジタル化で、テレビははっきりおもしろくなったという人が少なくない。

それは選択が困難になったからで積極的に考えれば、多チャンネルの中の選択から新しいおもしろいものを発見する喜びが生まれている。気に入った番組を決めるのが大切で、あちらこちらをのぞいているのでは、金もなく盛り場で人に揉まれているようなもの。疲れはしても得るものは少ない。

しかし、ラジオ、テレビによって、われわれは賢くなることができる。賢くなることはできなくても、自分の世界を押し広げることはできる。百年前の人には考えられなかったことである。高齢を迎えることが可能になった現代において、マスメディアによる自己啓発、それによって精神的若さを保ち、さらによりよき人生をひらくことができる。〝日々にわれわれは賢くなりゆく〟（シェイクスピア）というのは、高齢者向きのすばらしいスローガンである。

老年の読書法

図書館の閲覧室へ行くと、たいてい退職後らしい人がいる。難しそうな大冊を二冊も三冊もひろげて、難しい顔でにらんでいるところは、ものすごい。一日、あんなにしていては、そのうちに、体を壊すだろう、と他人ごとながら心配になる。

図書館で勉強しようというのは立派な心掛けである。本人も内心、そう思っているだろう。

まじめすぎるのである。年を取ったら、こどもとは違う。みっちり何時間も本をにらんでいてはいけないのである。三十分くらいしたら、気分を変えるために、歩きまわる。館内は手狭だから、ちょっと外へ出て歩く。帰ってきて本に向かうと、さきほど読んだことを半分くらい忘れている、というのがいい。

中学や高校のとき、授業のあと十分の休みがたいへん大切である。教室へ戻ると、前の時間に勉強したことが、オボロ気になっていたりする。何を勉強したのか思い出せないこともある。わが頭は、なんと悪いことか、とこどもは、自嘲することがあるけれども、忘れるのがいいのである。前の時間に学んだことが歴々と頭に残っているようでは、次の時間に学ぶことは頭に入らない。休み時間に、気分転換をすると、頭の中が掃除されて、きれいな頭になる。新しいことを受け入れられやすくなる頭である。授業の間の休み時間はたいへん大事なはたらきをする。

バカ真面目な生徒は、教室に残って、ノートを整理したりして、得意になっているが、実にあわれな誤解をしているのである。あれで、どれくらい頭を悪くするか知れない。

そういうことを知る教師もいないから、バカ真面目はいつまでもその愚に気づかず、普通の生徒はバカ真面目を半分、崇拝する。

本を読まなくてはならない。多く読むほどよいといった不自然な考えが一般に広まっているために、どれくらい損をしたかわからない。

本を読むことは立派なことである。だからと言って、本ばかり読んでいては、人間がおかしくなる。バカになる恐れも大きい。

年を取って、することがないから、本を読もうというのもよろしくない。することがなかったら、すること、仕事をつくるのである。本はいくら読んでも仕事ではない。仕事がなくては人間らしくなれない。

末広がりに生きる

うまく本を読むのは、仕事として読むのではなく、スポーツ、遊びとして読むのである。こどもと違って、試験があるわけではない。自分の頭の目を覚まさせ、生きる力が大きくなればよいのである。

いい気持ちで、おもしろそうな本、おもしろくはないが、ためになりそうな本を読む。わからぬところは飛ばす。気に入らないところも飛ばす。これはと思ったところでひと休み。そこで、本に書いていないことを考える。ひょっとすると、本の知らない発見が起こるかもしれない。

もちろん、最後まで、読み切る必要はない。著者としては読んでもらいたいであろうが、読む側には読むものの都合がある。最後まで読み切る義務があると思うと、心が重くなって、かえって、途中で中絶ということになりやすい。

本を読み切った感は格別だが、もともとたいした価値はない。途中で放棄した本から、より大きな刺激を受けることがある。

わたくしは、いつしか、〝風のように読む〟のがいいと考えるようになった。さらっと上辺をなでるように読む。それでけっこうおもしろい。それどころか、そういう読み方でなくては目に入らないことが飛び込んでくる。

読書百遍などと、同じ本を何度も読み返すのは、すすめるが、あまり得策ではない。人生は短い。さほどでない本を何回も読む時間がない。

〝風のように読めば、たくさんの本を見ることができる〟。そのどこかに、自分のもっている波長と合うものがひそんでいるかもしれない。風のように、さらりと読んでいても、自分の波長にあったメッセージに出会えば、〝共鳴〟という発見がある。

そういう読書によって、人間は変身、進化する。

退職してからでは少しおそい。もう少し早くから、〝風のように〟読み、〝風のように〟考えれば、人間がひと皮むけるであろう。

退職してからでも、長く生きる時代においては、〝風のように〟読み、「風のように考える」ことは充分可能である。

〝風のように〟生きれば、年を取って衰えることが少ない。体力は衰えても、気力、知力は少しも衰えないで、むしろ、増進するかもしれない。そして末広がりに生きることができる。

「日々にわれわれは賢くなりゆく」には、〝風のように〟生きる必要がある。こだわりがいけない。ストレスを溜めるのはもっといけない。

汗の力

汗についてのイメージが、ここ半世紀に大きく変わった。汗を流すのが、それ以前ほど美しいと感じられなくなっているのである。人間が変わったわけではなく、生活の変化によるところが大きい。

ことに冷房が普及して、汗をかくのが少なくなり、まったく汗をかかない夏の生活も可能になりつつある。

はっきりした変わり目は、タクシーの冷房である。それまでは、夏でも、窓をあけて風を入れるくらいで我慢していたのに、たまらない、冷房を入れよと声を上げたのは名古屋の人たちであった。一年おくれて大阪のタクシーが冷房を入れだした。東京はおくれてその後につづいた。東京の夏が暑くないわけではない。

汗をかく人が多いということに原因があったと思われる。

地下鉄も、はじめは、地下は熱がこもるから、冷房は無理だ、などと都合のいい理由をあげて、冷房による経費増を避けていたが、一般の要求に抗しきれず、冷房に踏み切った。地下でも、冷房は効くのである。

しかし、冷房万々歳というわけではない。冷房はありがたいとうつつをぬかしていると、思いがけないしっぺ返しを食う。

まず、昔は、滅多にひかなかった夏風邪をひきやすい。いったんひくと、なかなか治らず、治りかけると新しくひきなおす。夏のうちずっと、風邪気味が抜けない、ということが起こるようになった。汗を出すことで自家冷房していたのに、キカイが人間をかまわず温度を下げれば、体のほうがびっくりして風邪をひく。汗をかき、汗を流すことで、体温を一定の温度に保つ人間本来の機能が破壊される。

冷房でひいた夏風邪を解熱剤などを飲んで治そうとするのは、理屈から言ってもおかしい。夏風邪をひいたら、ショウガとかカッコントウなどの加熱の効き目

法である。のあるものを食べたり飲んだりして、ふとんをかけて寝てひと汗かくのがいい療

汗のあと始末

ただ、汗をかいたら、あと始末が必要。そのまま自然に汗のひくのを待ったりすれば、風邪なら悪化するのは受け合いである。すぐ下着から着替える。その前に乾いた手拭いなどで体を拭き、乾布マサツする。気分がよくなる。体にもいいに違いない。

汗の始末が大切なのはそれだけではない。汗はかけばかくほどよいが、あと始末が悪いと健康を害する。そのことを知らないでスポーツをする若い人は、せっかくの発汗をうまく利用できなくて、体調を崩したりする。猛練習でなくても、スポーツに汗はつきものだが、汗の始末をしっかりしているスポーツは少ない。

汗をかいたままのウェアを着てものを食べたりするのは感心しない。かならず

着替えをする。入浴できれば最高だが、そこまでは望めないのが現状だから、練習後の着替えを励行するくらいの心掛けがないと、せっかくの汗がアダになる。

ほかの国に比べて、日本は高温多湿な地方が多い。夏をまたずして、汗ばむ。そのためもあって、日本の家屋は通気性が高く、開放的。窓ではなく、障子や雨戸などで外との区切りとした。障子をあければ、外の風が入ってきて涼しい。

戦後、洋風建築が普及して、窓をサッシにして、部屋を密室化した。少し暑くなると耐えられなくなる。なんとなく気分のすぐれない状態になるのも、この密室での生活が関わりをもつと考えられる。

生活の様式も大きく変化した。そのために汗がおろそかにされるようになってきた。これは文化の進んだとされる先進国に共通の現象であろう。

農業、漁業、鉱業という、いわゆる第一次産業は、汗をかく。それに対して、第二次産業はそれほど汗をかかない。サービス業を中心とする第三次産業では、汗など流しては見っともないという感覚を育てる。一次産業より三次産業のほうが後発であるが、それだけの理由で、三次産業のほうが高級のように考えるのはいわば偏見である。

健康な生活ということからすれば、第一次産業がもっとも恵まれていて、三次産業はいちばん哀れである。

いま、日本には、中年の女性を中心に、腰痛に苦しむ人が、二千八百万人にのぼるという。大半は三次産業に従事していると想像される。いけないのは運動不足だけではない。発汗の生活から離れているのがいけない。

汗をかかない人ほど病気に弱い

汗は体内の有毒素を排出する役ももっている。汗をかかない人ほど病気に弱い。いたましい水俣病であるが、水俣の人たちが一様に発病したわけではない。同じように魚を食べていても、漁に出て働く人より、うちにいて激しい仕事をしない女性のほうが発病が多かったという。ことに運動の少なくなる妊産婦がやられる率が高かった。激しい労働にともなう発汗が、病原となるものを放出しているためだろう。

年を取ると、病気になりやすい。体が弱っているからだと言われるが、若い人に比べて汗をかく機会が少なくなっているのも隠れた原因である。

高齢者も、努力して、汗をかく生活を心掛けるべきだが、実際は、なかなかそのチャンスがない。激しい身体活動なしに、汗を流すことはできないか。そう考えた人たちが考えたのが入浴である。すばらしい発見である。日本人ほど入浴好きな国民は少ないのではないか。

東京のT女子大学がイギリス名門大学で夏期滞在研修をした。終了後、イギリスの大学から追加の費用を要求してきた。水道、温水の使用が非常識的に多くて赤字になったからだという。イギリスの学生ならシャワーですますところを入浴にする。しかもひとりひとり湯を替える。日本人としては当たり前であってもイギリスでは異常なのである。

年に数えるほどしか入浴しない民族がいくらでもあるという話を聞くと、入浴民族の日本はむしろあきれる。

その入浴によって、日本人は健康を保っていたのかもしれない。幸い温泉がいたるところにある。かつては、温泉地に滞在して病気を治す人も少なくなかった。

昼入浴のススメ

老人が元気を出すにも、入浴はたいへん有効である。自然に汗をかくことができる。気分もいい。さっぱりする。軽い風邪をひいたと思ったら、少し熱めの風呂に入る。上がってくれば、自然に汗が出る。しっかり汗をとって、うすいものを着て、ふとんを敷いて寝る。その間、さらに汗をかくらしいから、目が覚めたら、着替えしなくてはならなくなるかもしれない。

それによって、風邪を治すことができる。日本は長い間、ドイツ医学を信奉していた。お医者は、風邪をひいたら、入浴はいけないと教えた。一生それを信じる人が多いが、乾燥地ドイツでは発汗はさほど重要ではないだろう。むしろ入浴によって疲れるのが体によくないと考えたのか。

日本は風土が違う。当然、入浴のはたらきも違う。若い人と年寄りでも、汗の効用は違っている。若い人には、体温を平常化するのに役立つのが主であるが、高齢者にとっては、心身爽快、活力、元気を出すきっかけとして入浴はもっとも有効なエクササイズである。

老人にとって、一日に一万歩も歩くのは現実的でない。歩くのは減らして、入浴する。夜よりむしろ、昼の間がいい。そのあとは、先にも述べたように本式に寝る。三十分くらいでいい。眠れば、本当に、心身とも、よいコンディションになっていて、それからがまた新しい一日になる。

うまい昼寝をして、人生を豊かにした人として、イギリスのチャーチル元首相、アメリカのカーター元大統領がよく知られているが、日本の高齢者は、昼風呂によって、一日を二日にすることができればすばらしい。

人間は、汗の力を大切にしなくてはいけない。とくに、年を取ったら、汗を薬用するのが知恵である。この点なら日本は世界をリードすることができる。

外国の観光客を増やしたいというのが国策のようになっているが、ただ、外国人の落とすカネが目当てでは、いかにもさもしい。温泉による活力充実を知ってもらい、健康増進に寄与する日本旅行を理解してもらえば、日本は天国のように思われるかもしれない。

汗の力は大きい。

郵便好き

若いころから郵便が好きである。出すほうはそれほど熱心とは言えないが、もらうのは、実に楽しい。郵便の配達のない日曜はブラック・サンデーのように思われる。

年を取るにつれてますます郵便が好きになってきた。

うちの辺りは午前十一時ごろに配達する。その時間が近づいて、玄関で音がすると、ソレと飛び出す。ソラ耳であることも少なくないが、ポスト・マンと鉢合わせすることもある。こちらの気持ちがわかるのか、うれしそうな顔をしてくれる。郵便物が多くて郵便受けに入り切らず、チャイムを鳴らして玄関へ入ってくるときなどたいへんな喜びである。

そんなにいい郵便ばかりではない。事務的で殺風景な印刷物、広告、宣伝のチラシなどが多い。その間にはさまって、手書きのハガキがあると、まず、それから読む。

広告のチラシなど、ないほうがよい、という人が少なくないが、郵便好きは、ないよりはまし、枯れ木も山のにぎわい、と言うではないかと思ってあたたかく受けいれる。

「郵便」づきあい

郷里にいる友人が、ときどき便りをよこす。たいてい〝平信〟と封筒に書いてくるのがおもしろい。なにも用件はないが消息を伝えるというのがうれしい。ときには読み返してしんみりすることもある。

嫌な病気が、もう大丈夫だと思って受けた再検査で、再発しているとわかった。「卒業できると思っていたのに、留年を命じられた学生のような気持ちでいます」などとあるから、郵便の仕分けを放り出して、相手の心を傷つけないよう、いくらかでも励ましになるような手紙を書く。うまく書けず、便箋を何枚も書きほごしたりする。

話し相手がなくてひとりぼっち、だんだんボケそうだ、などといっている同窓の友人が、ときどき、頭の体操だといって、ハガキや手紙をくれる。こちらも頭をはっきりさせるためだと思って、長い手紙を書いたりするのである。

わたくしの書いたものを読んだという人のくれる手紙やハガキは、ちょっと複雑である。まれにだが、会いたいというようなことを言ってくる。

わたくしは、原則、著者は読者に会ってはいけない、お互いに見ず知らずの関係が自然で、のぞましい、と考えている。文章を読んでいただく著者、筆者のイメージは、実在の人間に会ったときの印象と、多く、合致しない。幻滅を覚える。そういう私見にもとづくが、わたくしの独創ではない。

ヨーロッパに「名著を読んだら著者に会うな」ということばがある。会ってロクなことはないということを前提としていて、残念ながら、当たっていることが多いと思う。それでなるべく未知の読者とは個人的に会わないことにしている。しかし、手紙、ハガキなら別である。読者からの手紙にはなるべく丁寧に返事をするようにしている。それが実際、なかなか容易ではない。イギリスの詩人T・S・エリオットが、読者は思いもかけない発見をして、作者をおどろかすことができる、と読者をもちあげているが、一般には、そういう奇特な読者は例外的であろう。

礼状のコツ

人をごちそうするのは、いつでも、楽しいことだが、年を取ると、ことにいい気持ちになる。あとで待つともなく、礼状の来るのを待つ。帰ってその日のうちに礼状を書く人はまれ、翌日も日中に忙しい。夜、書いて翌朝投函すると、三日目くらいにアイサツがあるだろう。そんな勝手なことを考えている。

ひところ、年下の人たちのグループをまとめてご馳走して、おしゃべりをするのを楽しんだことがある。メンバーを変えて、いくつものグループを招待するのだが、だんだんいやになった。礼状をくれないのである。

ある研究者のグループ十名を招いてご馳走した。目的があったわけではない。ただ、楽しく話し合いたいという気持ちであった。

ところが、礼状がこない。数日して、ひとりが実に気のないハガキを寄こしたきり。ほかの人は知らぬ顔である。これに似たことがそのあとにもあって、わたくしは腹を立てつづけた。

あるとき、あるところへ、そのことを書いたら、それを読んだ、知り合いの大学教師が、「それじゃ、まるで礼状ほしさに、ご馳走しているようなものではないか」と、皮肉ったことを書き送ってきた。ひどく腹が立って、もう人を食事に招くのはやめにしようかと思った（そんなこと、できるわけがない。いやな思いをすることがあるが、なるべくわけのわかった人を招くことにしている）。

礼状というものはなおざりになりやすい。あとで、と思っていると、忘れるおそれもある。なるべく早く書くのがコツである。

イギリスに住んで帰ったアメリカ女性がニューヨーク・タイムズで紹介していたエピソードはいまも忘れない。

ひとり息子が別のところでひとり暮しをしているが、ときどき両親のところへ来て、食事を共にする。終わって帰ると、息子は両親にあて、「きょうはありがとうございました。たいへん楽しく過ごしました……」などという手紙を書く。両親は同じくその日のうちに、別々に、息子あてに、「よくきてくれました。たいへん楽しかった、ありがとう……」といった手紙を書く、というのである。このアメリカ女性はすっかり感心して、イギリスの文化ということを考えたようである。

日本ではハガキ、手紙を書く習慣をなくしてしまった人間がワンサといる。ハガキ、切手をそなえていないことが多いらしい。

中元とか歳暮とか、モノは送ることは、商売をする人たちの都合に合わせているのである。プレゼントの作法などというものはとっくに地に堕ちた。

デパートから送る。送り状などないから、〝送りつけ〟である。もらったほうも、受け取ってもそのまま放っておく。良心的な人が、電話で「モシモシ……」とやる、電話を受ける側はしかけたことを放り出して電話に出てみると、「どうも、どうも、ありがとうございました」である。

礼を電話で言うのはハシタナイことであるという感覚はなくなってしまった現代である。ハガキで大威張りだが、もともとは、礼状は封筒が常識であった。

つまり、あいさつ、お礼のハガキ、手紙は絶えつつあるのである。

それだけに、知り合い、友人などからもらう私信、平信、なんにも用件はないが、ご無沙汰していますす、お元気でしょうね、などという手紙をもらうのは格別で、その日はずっと気分がよくなる。

そういう郵便が来るのではないか、そう思ってその時間を待つのは楽しみで、生き甲斐のひとつになる。

「電便」づきあい

電話が便利になって手紙やハガキを書かなくなったのだが、その電話が、ケイタイやスマートフォンに押されて、少し影が薄くなった。街の方々にあった公衆電話が、利用が減ったためであろう、音もなくどんどん消えている。いつか、田舎の親戚を訪ねたとき、知っているつもりの駅からの道がわからなくなって、電話で聞こうと思うのに、公衆電話がどこにもない。通りすがりの自転車の人に聞いたら、このケイタイを使ってくださいと言ってくれたのはありがたかった。通話料百円を出したら、どうもありがとうと言ってそのおじさんは消えた。

家庭の電話も前ほど忙しくない。かかってくるのは、セールスがらみが多い。こちらが年寄りと見込んでか、墓場を買えというのがよくかかってきて不愉快だ。

せっかくの電話、遊ばせておくから、セールスに利用されるのである。手紙を書く代わりに遣い、古い友だちを電話で訪問するのはしゃれている。

年賀状しか交わしていない旧友に電話すると、相手がびっくりする。あるいは妻君がでてきて、主人は弱っている、などという。声を聞くとなにか親しみが湧いてくる。またかける、などと言って電話を切る。そして、また、忘れたころに、電話する。そうしていると、自分の世界が広がったように感じられるし、何より、こちらの元気が出る。

年を取ったら、電話でつき合うという手がある。

郵便に対して電便とでも言ってよい。元気を出すには、いい方法である。

タネをまく

何かというと花を贈ったりするのをおもしろくないように思っている。花がかわいそうだという気がする。虚栄の感じもぬぐえない。見舞いに花を贈るのは、いずれ商売人の考えたことであるという疑念をぬぐうことができない。

かつて、東京の真ん中、北の丸公園でラジオ体操をしていたことがある。一隅に武道館がある。イベントのあった翌朝、その前を通ると、持ち切れないほどの花を持って武道館の裏からあらわれる人が何人もある。

前夜、出演のタレントにファンが贈った花束の残骸である。残骸でも花は美しいが、なんとなく哀れで、いやな気がする。捨てられた花など、見たくもない。

花を贈るなら鉢植えがいい。それなら、すぐ捨てられることはない。しかし、根のある花を贈るのはいけないと考える人たちがある。病気見舞いに鉢植えの花を持っていくのはタブーだという人がいる。根のあるものは病気の根をはらせる、つまり、治らないようにする。そういう縁起をかつぐ人たちが広めたことである。切り花はもっと縁起がわるいという。それでも病院は花の処分に困ることはないようである。

もの言わぬ友

花は眺めて楽しむもの。あいさつ代わりにするのは間違い。買ってきた花は、心がうつらない。自分で育てた花なら心にも実をもたらす。

そんなことを考えた末、花を育ててみようと思ったのは、もう年寄りになってからである。いちばんやさしいのは朝顔だろうと、タネを買おうとするのだが、なかなか手に入らない。やっと手に入ったタネを狭いながらも庭の日当りのよいところへ播いた。

たくさん播いたのに芽生えたのは数えるほど。丹精して育てる。ときどきのぞきに行く。よその朝顔が咲いているのに、わが家の朝顔は葉ばかりで涼しい顔。なんとなく敗北者のような気になる。このごろの朝顔だから、土地を選ぶのかもしれない。うちのような荒れたところでは咲かないつもりなのかもしれない。ひょっとすると肥料がいるのかもしれない。朝顔は肥料などもらってはいけない。肥料をもらう作物は、人間でいえば生活保護を受けているようなものだ。野生豊かな朝顔はもっとたくましい生活力をもっていなくては困る。

そんなことを考えながら、半ば、諦めかけていると、にわかに、ツボミをつけ出した。一本だけでなく、どれもみんな、いっせいに咲くつもりらしいから、こちらは浮き浮きするようであった。ほかのところの朝顔はとっくに花は終わってしまっている。咲いているのを見かけなくなっているのに、わが家の朝顔は〝これから咲きますよ〟というたたずまいで、なんとも頼もしい。

秋風が吹き始めるころになっても、わが家の朝顔は朝顔である。道行く人が歩みをゆるめてながめてくれる。育て主としては、どんなもんだい、という気分になる。朝顔にもスロー・スターターがあるらしい。たまたま主《あるじ》が、不器用で人並みのことをするのに手間どって、人が引退するようなころになって、やっとエンジンがかかる。それを見倣ったのか。朝顔はやさしい仲間であるような気がする。

それが手始めで、毎年、朝顔を育てるのが楽しみである。不思議なことに、毎年、おそ咲きである。いまはそれをむしろ誇りにしている。

切り花を人に贈って喜ぶ人の気が知れない。花は切ったのを買ってきて、人にあいさつ代わりに贈ったりするものではなくて、育てて身近でかわいがるべきものだ。

花は買ってきて人にくれてやるべきではない。タネを播いて、手をかけ、目をかけ、育てて、咲かせるのが本当ではないか。そういう花は人間のもの言わぬ友となってくれる。

私製の原稿用紙をつくる

三十代の若いころ、わたくしは、出版社の嘱託で月刊雑誌を編集していた。仕事が忙しくて、勉強する時間がない。本も読めないから、どんどん人から後《おく》れていくのが自分でもわかって、つらかった。ものを書くなどということは考えるゆとりもない。

あるとき考えた。こんな風に人のための雑誌を作っているだけでは、またたく間に、衰えてしまう。自分の力で自分のために、はっきりした形をもった仕事をしなくてはいけない。そう自分に言いきかせたのである。

それで何をしたか、というと、いま書くのも恥ずかしいが、私製の原稿用紙をつくることであった。書くこともない、書くこともできないのに、原稿用紙を特製するなど、というのは正気の沙汰ではない。自分でもそれはわかっているが、なんとなく名案のように思えた。社内の人にこっそり頼んだ。何枚か、と聞かれて、それまで、ぼんやり、千枚と思っていたのに、とっさに二千枚と言ってしまった。

書くあてもない原稿用紙が二千枚出来上がった。それを見て、十年のうちに、これを使い尽くして見せると、根拠のない決心をした。

現実は、たわごとほど甘くない。原稿用紙が出来たからといって、ものが書けるようになるわけがない。だんだん二千枚が負担になってきたときに、天啓のようなものがおとずれた。書くことがなくても、とにかく書く。書けば書けるはずだ。それで、ヤミクモに書いた。書けば書けるのである。発表するところなどあるわけがない。編集している雑誌に載せることもできないことはない。親切な先輩がすすめてくれたのを断わった。編集者は、芝居でいえば黒子《くろこ》のようなもの。舞台に出て演技をしてはいけないのである。自分の編集している雑誌に署名入りの文章を発表するなどということはありえないことで、実際にもほとんどない。

そんなことを言って先輩の助言をしりぞけた。

細々と書いているのでは、二千枚の原稿用紙は多すぎる。使い切るのにひどく長いことかかった。しかし使い切るころには、いくらかものが書けるようになっていた。二千枚の原稿用紙はムダではなかった。それどころか、仕事を呼びこむ、大きなはたらきをしてくれたのである。仕事のタネまき、として、まず、道具をこしらえるというのは、案外、現実的なのかもしれない。

それからずっと長い間、私製の原稿用紙は考えなかった。出版社、編集部から原稿用紙をもらっていた。

ところが、あるときになって、二百字詰め原稿用紙がなくなりました、新しく作る予定はありません、と編集部から宣告されて途方にくれた。四百字ならあるというが、四百字詰めでは困る。書きほぐしをするときも、書き直しが大変。二百字詰めなら書き直しが少なくてすむ。

それだけではなく、二百字の原稿用紙だとどんどん進む。四百字の倍のスピードで枚数を増やせる。やはり、二百字でなくてはいけない。「四百字ならいりません」と断わった。

いよいよまた自分で原稿用紙をつくることになって、何枚こしらえたものかと多少考えた。若いときの二千枚を使い切るのにあんなに長くかかったことだし……。

「希望」という名の花を咲かせる

そんなとき、たまたまおもしろい話を聞いた。彫刻の大家平櫛田中《ひらくしでんちゅう》は九十歳を超える高齢でありながら、十年分の材料を仕入れたというのである。長生きのための、すばらしい知恵である。たいへん感銘を受けた。

それで、原稿は三千枚つくることに決める。死ぬまで使い切れないだろうと思っていたが、三年しないうちになくなった。次も三千枚注文した。これは二年しかもたなかった。さらに三千枚を発注する。こういうことを繰り返して、先日も、何回目かわからぬ三千枚が出来上がった。どれくらいでなくなるか、楽しみである。

原稿用紙をつくるのは、仕事への意欲を高める効果がある。残りが少なくなるのが楽しみになると、仕事への刺激になるようだ。
原稿用紙をつくるのは、タネまきに通ずるところがある。そこから芽が出て、
小さくとも花をつけることができる。そう考えるだけで、年齢を忘れて、小さいながら希望のようなものが生まれるのである。

Ⅳ　緩急のリズム

ゆっくり急げ

健康雑誌の編集部から取材の申し込みを受けた。「ゆっくり生きれば、健康で美しくなれる」というテーマで、話をうかがいたいという電話である。すぐ断わる。そんなこと、考えたこともないと言った。すると相手は、「先生のご本〝ゆっくり急げ〟からヒントを得ました。ぜひ、お願いします」という。本に書いた以上、断わられるのはおかしい、と言わんばかり。面倒だから会って話すことにした。

わたくしは「ゆっくり急げ」という本は書いたが、それで健康になったり、きれいになったりするなどとは書いていない。編集のこじつけである。

「ゆっくり急げ」はローマの皇帝、アウグストスの愛用のことばであった、とスウェトニウスという人が書き残した。そのため、〝ゆっくり急げ〟は皇帝の発明のように考える人もあるが、その前に、ギリシャ語でも同じことを言った名言がある。皇帝はそれを借用していたのであろう。

ラテン語では、「ゆっくり急げ」はフェスティナ・レンテ（Festina lente）である。のち、全ヨーロッパに広まり、今でも街角にこの文句を刻んだ碑をこしらえている都市が北欧にある。それくらい有名である。

ゆっくりと反対の急げを結びつけたところがおもしろい。撞着語法と呼ばれ、ありがた迷惑、公然の秘密、負けるが勝ちなど、よく知られる名句が少なくない。しかし、案外、意味がはっきりしないまま、使われている。

戦前の小学校で、〝よく学び、よく遊べ〟というモットーを校訓のようにしているところが少なくなかった。こどもたちに、わけがわかるワケがない。先生に聞いても、よくわからないらしい。よく学ぶのはわかるが、よく遊べというのがわからない。こどもはそんなことを言われるまでもなく、〝よく遊んで〟いたからである。

「ゆっくり急げ」にしても簡単ではない。はじめの雑誌編集部は、ゆっくり生きれば、健康にも美容にもよいと曲解した。それを頭から否定してしまうのは、すこし可哀想でないこともない。

弱強交錯のリズム

「ゆっくり急げ」は、もちろん、ゆっくりゆっくり、と言っているのではない。ゆっくりしたあと急げ、あるいは、急いだあと、ゆっくりするということである。急げや急げ、ではいけない。ゆっくり急げ、である。

急ぐにしても一本調子はまずい、折り折り休んでゆったりする。緩急のメリハリをつけるのが望ましいと教えたことばである。

言い換えると、リズムをもって生きよ、と言っているのである。急ぐばかりではいけないが、休んでばかりいてはもっといけない。休んだらそのあと急いでしっかり仕事をする。

仕事、仕事といって、ぶっつづけに仕事ばかりをするのではない。そうかといって、だらだら、遊んでいるのは、もっといけない。両者をうまくかみ合わせる。リズムが生じる。それがいい生き方になる。

〝ゆっくり〟を弱、〝急ぐ〟を強とすると、ゆっくり急げは弱強のリズムになる。これは、詩において弱強格と呼ばれ、もっとも基本的なリズムと同じである。シェイクスピアも、この弱強格（アイアンバス）のリズムのあるせりふで芝居をつくった。アイアンバスの詩のリズムをアイアンビックという（日本語の詩にはリズムがなく、語呂で調子を出しているから、リズムを実感することが難しい。これは案外、大きな日本語の特性である）。

人生の生き方にリズムがある、弱強交錯したところで躍動が生まれるということを古代のギリシャ、ローマの人が考えていたら、〝ゆっくり急げ〟という代わりに、人生、リズムをもって生きよ、というようなことばを残すことができただろう。それができないから、〝ゆっくり急げ〟としたのであろう。現代の人間は、だんだんゆっくりを好む傾向が強くなっているから、急げ、ということをなおざりにして、ゆっくり生きるのが、いいように考えたがる。しかしそれは、誤解である。

生活のリズムが肝要

人間はどんなに忙しくても、夜は寝る。昼を強とすれば、夜は弱である。夜から一日がはじまる、という、太陰暦に従えば、弱ではじまり、次の日の朝からの強に移る弱強リズムで生きるようになっている。その弱の夜、残業などで、昼の仕事、強をもちこめば、リズムは崩れて、心身の健康を失い、最悪のケース、死に至ることもある。〝ゆっくり急げ〟はたいせつな心得である。

生活のリズムということを考えない人間はむやみに仕事ばかりしたり、まるで働かないでぶらぶらするのがよいと勘違いする。

「田舎の学問より京の昼寝」

ということわざがある。一本調子主義で考えるとなんのことを言っているのかわからない。現に、ことわざ辞典をつくる人たちにもよくわからないらしい。このことわざを正しく説明しているものがない。

『ことわざ大辞典』をみると、

「田舎で勉強してもたかが知れているが、都はただそこにいるだけで見聞を広める材料がたくさんあるので知識が身につくということ」

とある。とんでもない誤った解釈である。ことわざをこしらえた昔の人は、そんなつまらないことをことわざにはしなかった。辞典をつくるくらいなら、そのくらいの心得がなくてはいけないだろう。

「田舎の学問より京の昼寝」は〝ゆっくり急げ〟のバリエイションと見ることもできる。田舎の人は純朴だから、一心不乱、ほかのことをかえりみることもなくて学問ひと筋に精進する。都の学者は生活のリズムをもって学問をする。学問をする間に、ひと休み、昼寝をするゆとりがある。いかにも遊んでいるようだが、そういう学問のほうが、学問一筋の田舎の学問よりすぐれた成果をあげることができる。そういう含みがある。

そういうように解釈してはじめて、このことわざのユーモアがわかる。急げや急げ、寝食を忘れるほどの猛勉強はよろしくない。勉強はする、力を込めてするが、途中、ひと息入れたほうが効率がよい、というのは、ひとつの発見である。

〝よく学び、よく遊べ〟も、それと相通ずるところがある。これは、イギリスのことわざ All work and no play makes Jack a dull boy.（勉強ばかりして、遊ぶことを知らないと、こどもはバカになる、の意）を下敷にして生まれたもので、やはり勉強一点張りではいけないことを教えている。もちろん遊んでばかりいてはいけないが、勉強ばかりして、遊ぶことを忘れるのも、危険であると指摘したものである。勉強ばかりしていてひと息入れることを忘れると、いくら努力してもよい大成は望めない。

しっかりした緩急のリズムができれば、前進していることとさえ忘れる。リズムのしっかりした生き方をすれば、おのずから〝年を忘れる〟こともできる。〝ゆっくり急げ〟はやはり大きな教訓である。

横になる

寝る、という。横になることである。眠ることも意味する。多くの人が、横になって眠ることを寝ると言っているが、横になって休むのが第一義であることは忘れられがちである。たしかに眠りと結びつくことが多いが、眠らないでも寝ることはできる。逆に、牛や馬のように寝ないで眠ることはできない。一般に、しかし、横になることが、眠ることほどに重視されない傾向があるのは、不眠に苦しむ人が多いからである。その気になれば、人間、いつでも横になって寝ることはできるが、いくら眠ろうとしても眠れないことが少なくない。ことに年を取ると、眠りが難しくなる。それを気にしていると不眠症になる。

やはり、横になる、と、眠る、とを切りはなして考えるのが合理的のように思われる。

馬や牛は、横にならないで眠られる。立ったままで、横になることがない。いや、そうではなくて、つねに、横になっているのだと考えたほうがよいかもしれない。

人間は、馬や牛のようなことはできない。直立歩行ということをするからである。四足動物から見れば、人間は二足を欠いて、二本足で立ち、歩いている。いつからそうなったかわからないが、遠い遠い昔のことである。

直立歩行によって人類は進化したことはたしかである。ことに、頭脳がショックを受けることが少なくて、思考力を高めることができる。

他方、直立歩行のマイナスもある。四本足で動いているときは、内臓はそれぞれ下方へぶらさがっているが、直立歩行になると、上の臓器が下の臓器を圧迫する。下のほうの臓器ほど大きな圧力を受ける。よくないことは明らかで、四百四病のもととは言えないまでも、いろいろな障害の引き金になるのははっきりしている。

それで、直立歩行の人間は、一日のある時間、横になって自然（？）の状態に帰るようになった。横になれば、眠るのに便利であるけれども、眠りのために寝るのではなく、体を横にすることで、直立体の緊張を緩和する点が見落とされてはいけない。

つまり、眠れなくても、横になる必要がある。それをいまの人間はともすれば忘れる。不眠は心配するが、横になる時間が少ないのを気にかける人はほとんどいない。

そういうことになるだろう、と予測したのか。人間は夜になったら寝るようになっている。どんなに忙しくても、夜は、横になって、体を休める。それが普通になり、徹夜の仕事はたいへん不自然、不健康だということになった。

体調が悪くなったときも、まず、横になる、寝ることが必要で、立ち働いていては療養にならない。寝ていれば自然に治る軽い不具合はいくつもある。横になるのは体に大変いいことである。そういうことをいまの人間は、あまりはっきり理解していない。

横臥第一、睡眠第二

もちろん、眠るためにも、横になる必要がある。立って眠ることが難しい以上、横になって眠るほかはない。しかし、眠りのほうが横臥よりも大事であるとするのは疑問である。眠りも横になるのもともに大切だが、眠りだけを気にするのは不当である。睡眠時間も大事だが、横臥時間はそれ以上に大切である。

年を取ると、どうしても疲れやすい。疲労をとるのに、横になって寝るのがもっとも有効であるのははっきりしている。そうだとすれば、若い人と同じように、寝ていれば充分であるかどうか、考えてみる必要があるだろう。

考えるまでもなく、高齢者は若い人よりも長く横になっている必要があることははっきりしている。夜だけでは不足である。昼の間、少しの時間でも横になるのが賢明である。

昼寝はいかにも怠けもののように見る傾向があるから、現役で仕事をしている人はまず普段の日に昼寝をすることは不可能である。

企業では、社長だけに昼寝の自由がある。大戦中、イギリスの大宰相、ウィンストン・チャーチルは、習慣の昼寝を変更せず、逆に長い伝統になっていた閣議の開始時間を変えたという話が有名である。アメリカのカーター元大統領も昼寝の習慣があった。

日本でも、社長が目立たないように昼寝をして健康を保っているという例がある。昼寝というのも、横になるのが主で、眠りはつけ足しである。横になるのは少し時間をかけても、眠るのは、むしろ短時間のほうがよいらしい。

寝る、というのを、横になって、眠る、ことと考えるいまの常識だが、吟味してみる必要がある。寝る、には、横になる、と、眠る、の二つのことが含まれている。眠るのはもちろん大切だが、横になるのは、それ以上に大切である。それを一般は知らない。ことにお年寄りは、不眠を怖れるけれども、横になることが、きわめて、健康的であることを知らない。それで老化を早める。

横臥第一、睡眠第二。これが高齢者のモットー。眠れないでくよくよするのは体にもよくない。横になっているだけでいい、と思うと、かえって、眠りやすくなる。

眠ってはいけない、と思っていると、かえって眠くなる。眠らなくてはいけないと思うと、かえって眠れない。人間は、天邪鬼《あまのじゃく》にできているらしい。あまり眠りにこだわらないでいると、かえってよく眠れるということもある。そういう点からしても横臥第一、睡眠第二というのが心のストレスを軽くしてくれる。

横になって妙案を得る

横になるというが、どういう姿勢がいいかを考えることは少ない。あお向けになる。右下にして横になる。左下にする、などだが、いちばん体にいいのは、うつ伏せになること。これだと、内臓のすべてがそれぞれ下向き、自然の状態になる。動物的に自然な姿勢だが、困ったことに息苦しい。実際、うつ伏せになって寝る人は少ないだろう。いないかもしれない。

先年来、みどり子をうつ伏せに寝させるのがよい、と言われて、それを実行したら、幼児がもどした乳を吸って窒息しかけた、という話もあった。問題もあるらしいが、うつ伏せに寝るのがよいというのは注目したい。

老人はまた幼児に帰ったようなもの。うつ伏せに寝るのがよいのではないか。ただ、いまの寝具は、そうはできていない。息苦しい。わたくしは、枕を高くして、それを首にあててうつ伏せに寝てみたことがあるが、どうも、胸を圧迫されるのと、頭の重さを支えるものがない不安定があって、ゆったり休めない。

うつ伏せに横になるのに便利な寝具を開発する必要がある、と痛感しているが、そういうものが生まれるまで、生きている自信がないのが哀れである。

とりあえず、めいめいで、下向きに横になる工夫を、あれこれしてみるしか手がない。

そういうことを考えていると、年を忘れることができる。

横になって、前向きなこと、新しいことを考える。楽しいことを目覚めていて夢見る。われわれの頭は、横になっているとき、もっともよく働くようになっているのではないかと思う。中国の昔、欧陽脩《おうようしゅう》という人が、妙想、妙案を得やすい場所として、枕上、馬上、厠上《かわや》の三つをあげた。三上の説として古来、有名である。

だが、やはり枕上が最高である。横になってものを考えるのはまさに枕上の極である。眠っていては考えられないが、横になっていると、天来のインスピレイションが降ってこないとも限らない。

横になって自然に帰る。そこから新しい命の力が吹き出してくるかもしれない。

下を向いて

「上を向いて歩こう」といううたが流行して、国中が浮かれたことがある。この前の東京オリンピックの少し前のころだった。そのころの日本は、右肩上がりの好景気で、元気があったのである。

少し浮かれていたのかもしれない。その後、社会はだんだん力を失い、やがて長い不況を迎えることになる。

「上を向いて……」とワケも分からずうたっていたが、人間、上を向いて歩くのはよろしくない。イヌだってネコだって、上を向いて歩くようなマネはしない。しっかり、前を見すえ、下をにらんで歩く。イヌやネコもしないようなことをして、喜ぶのは、少しお目出度い。

人間も大昔のまた大昔は、手と足で歩いていたはずである。四つんばいで、上を向くのはたいへん。前を見、下をにらんで進むのである。

それが、直立歩行という曲芸のようなことをするようになって人間はほかの動物と違ったものになる。

四輪車は止まってても何ということはないけれど二輪車は止まれば、倒れる。人間は転ぶのである。イヌやネコは、よほどのことがなければ転ぶ、といった、見っともないことは見せない。

直立歩行を始めて、人間はいろいろ新しいことを学ばなくてはならなかったが、教えるもの、お手本がないから、わけもわからぬまま、生きてきた。それで、いろいろな不都合が起こる。

転ぶ、というのも、二足歩行の技術が充分でないために起こる。安定した歩行、しっかりした直立ができないために、人間は多くの事故を招き、ときに健康を害することもある。

誤嚥を防ぐ食べ方

ものの食べ方にしても、おかしいことを平気でしている。頭を上げ、いい姿勢でものを食べるのがよいとしているのも合理的でない。もともと、横になっていた食道をタテにすれば、事故が起こるのは当然である。食べたものがノドに詰まって死に至ることがある。窒息死というのは人間にだけのことであって、ほかの哺乳動物にはないのである。たくさんの犠牲が出ているのに、一向に窒息死は減らない。

このごろの高齢者で、肺炎で亡くなる人が少なくない。細菌による肺炎もないわけではないが、多くは誤嚥《ごえん》による肺炎である。だから夏でも肺炎にかかり命を落とす人が多いのである。

直立歩行の人間は食道、気管支が危ない。とくに、食べたものが気管支へまぎれ込むリスクが高い。反応力が低下する高齢者はたえず誤嚥の危険にさらされている。それを自覚しないのは重大な問題である。

よい姿勢で食事するのは、たしかに、見た目は美しいが、おそるべき危険を招きやすいということを承知の上でないといけない。安全を得るなら、恰好は悪かろうと、首を下げて、皿に顔をつけるようにしてものを食べるようにしたい。そうすれば誤嚥は少なくなり、窒息も減ること請け合いである。ものを食べながら、ものを言うのはたいへん危険である。おしゃべりをしながらものを食べてはいけない。それをわれわれは知らない。

コップの水を飲むには、下向きでは、うまくない。あお向けになって口に入れるほかはない。しかし、そのまま飲み込むのはよろしくない。頭を下げて、飲み込む。そうすれば、誤嚥は少なくなる。クスリを飲む人が、毎日、危ない飲み方をしているのに気づかないのは、ノンキを通りすぎている。下を向いて、飲み込むのを建前にするには、幼いときからの躾《しつけ》が必要で、こういう安全教育は、早ければ早いほどよい。年を取った人で知らなかったらたいへんだ。

〝実るほど頭を下げる稲穂かな〟

不幸にしてそういうことを知らずに年を取った人は、直立歩行による危険を避けられることを自らの経験によって学ばなくてはならない。

このごろ、新しい目の疾患に苦しむ人が増えている、という。中年の人に多い。女性も少なくない、という。どういう症状かというと、太陽光線が目に入って起こすのだ、といわれる。直射日光が目に入るのはよくない。マツゲもそのためにあるのかもしれない。日光を直視してはいけないのはこどもでも知っている。昔の人は、目がつぶれるといって恐れた。

夏の日射しの強いとき、帽子をかぶるのも、暑さしのぎというほかに、強い直射日光をカットする意味がある。サングラスも目をまもるのに有効だが、見た目がよくない。

上を向いて歩けば、太陽光線にやられる危険がある。伏目がちにしていれば、変な光りが目に入る心配もない。

年を取ったら、頭を下げ、下を向いて歩くのが賢明である。下を向くのを恥じるのは若もの文化である。年を取ったら、上向きは卒業していなくては困る。

〝実るほど頭を下げる稲穂かな〟

心豊かな老人は謙虚である。心なき若もののように威張ったりはしない。人間の重みが増せば増すほど、腰が低くなるというのが望ましいのだが、なかなか、そうはいかないのが、浮世である。

威張るのはストレス解消効果が大きくて、本人にとっては健康のもとになっているこ とがある。威張るな、謙虚になれといわれ、おとなしくなると、年より早く衰える人がいる。年寄りでも、威張って元気な人は少なくない。ハタ迷惑というこ とを別にすれば、上を向いて威張って歩くというのは、健康法のひとつである。それを生き甲斐にするのは本人の自由である。ハタ迷惑ということに目をつむれば、立派な生き方だということもできる。

孫の自慢をするのも威張りの変形で、当人にとってこんなに楽しいことはないが、聞かされる側にとっては何ともウンザリである。そのことを弁《わきま》えないで一生を終わるのは、幸福か不幸か、にわかに決することはできない。上を向いて歩くのは、多く、ハタ迷惑である。しかし、そのことがわかったら、人間、おしまいかもしれない。

禅家のことばに、脚下照顧《きゃっかしょうこ》というのがある。人のことをあれこれ言うまえに、自分を反省するのが賢人である、というのである。表面的に見れば、足下を注意せよ、転ぶな、の意味になるが、あまり、足下を気にすると、前へ進むことを忘れるおそれがある。

足もとをたしかめたら、前を向いて歩いていく必要がある。老人にとって、反省はよしあしの二面性があって、反省は心を高めるところがある代わり、うっかりすると猪突猛進、向こうみずの活力を失いかねない。

上は向かない。しっかり足もとを見すえる。そこでへたり込んでしまってはモトもコもなくなる。前を向いてとにかく歩いていく。一寸先は闇、というのは下を向きすぎである。しっかり前を向けば、少し先のことが見えてくる。

下を向いて歩いて前へ進むことのできるのが、人間のいいところである。大事なのは、日々是新、である。少しでも、前へ動いていれば、未来というものがあると考えて、力を出す。

つまらぬことを知って喜ぶのは幼い。すべてを自然、時の流れにまかせ、万物流転、われ生きる、ゆえにわれあり、という悟りに向けて、ゆっくり急ぐ。老いの楽しみはその中にある。

下を向いて歩いて元気を出す。それが老年の英知であろう。

おしゃべり

おじいさんの声がする、と思って行ってみると、ネコに話しかけているのだった。そんなことが珍しくないようになり、老人の孤独が大きな問題になったのは、まだ、そんなに古いことではない。

わたくしの古い友人Sさんは、七十を越えて、ずっと年下の奥さんを亡くして途方にくれた。Sさんはもともと生き方を考えることの多かった人だから、ひとりになって老年の生活を考えた。もちろん、食事は自分で作る。家事いっさい、ひとりでする。Sさんはそれだけではいけない、と考えた。だれか口をきく人がいないと、ボケると思った。

近くに話し相手になる人がないから、喫茶店へ行くことにした。コーヒーよりも店の人とむだ話をするのが目当である。といってそんな長話はできない。午前中に行ったら、午後、もう一度コーヒーを飲みに出る。同じ店では気が差すからほかの店へ入る。それでも、どの店も常連として扱ってくれる。

一年もすると近くの店はどこも退屈になった。店の人とのおしゃべりもタネが切れて弾まない。おもしろくない。

それで遠出を考えた。隣の町まで電車に乗って行く。新しい喫茶店は新鮮な感じがするし、わざわざよそから電車でやってきた、という話を聞くと、店の人は、うちはそれほどの評判かと思って愛想がいい。世間話も豊富である。しばらくは、楽しいおしゃべりを楽しめる。しかし、やがて、飽きる。しゃべることもなくなる。

そうするとSさんはもうひとつ先まで足をのばして、また喫茶店へ日参する。こういうことを繰り返していて数年後には、電車で三十分はかかる大きな町へ通うようになったそうで、知り合いから変人扱いを受けて困ったとこぼしたことがある。

人からはよく言われなかったが、Sさんにとっての喫茶店がよいは大きな健康効果があったようで、亡くなるまで、しゃんとしていた。おしゃべりがよかったのである。

Sさんの話を聞いて、わたくしにはとても真似ができないと思った。乗りものに乗って遠くまでコーヒーを飲みに行くというのは考えただけでも、おっくうである。それに喫茶店の人とおしゃべりをするという器用なこともできない。Sさんはやはり、少し変わっていたのである。

「おしゃべりの会」をつくる

しかし、おしゃべりが大切であることはたしかで、それは見倣おうと思った。それで、おしゃべりする機会をつくることにした。

真面目な人は、おしゃべりのために集まる、などと言っても乗ってこない。一応、勉強会ということにする。めいめいの得意とする分野での知見を披露する。

同業の人がいると遠慮が出ておもしろくない。なるべく仕事などが重ならないようにして、人を選ぶ。

これがなかなか骨である。

顔の広い人などに聞いて、お互いにあまり関わりのないような人を五、六人、集める。互いに毛色のちがった人間同士だから、はじめから、おしゃべりに花が咲くとはいかないが、会を重ねているうちに、〝同志〟の意識が生まれる。そうなると、おしゃべりが楽しく、おもしろくなる。

ロータリー・クラブのことはよく知らないが、組織がおもしろい。ひとつの支部に、同一業種の人がほかにいないようになっているという。食品店の人がメンバーにいれば、新たに食品店主が加入することはできない。ブティック店主が二人いる、ということはないようになっているらしい。

いかにも排他的に見えるが、そうではない。クラブがおもしろくなるための知恵で、実際おもしろい、ようである。そのおもしろさのもとは、同業者がいないということである。

同業者が集まると、互いに遠慮が出て、思うことを言うのがはばかられる。こんなことを言うと笑われるかもしれない。こういうことを言うと、さしさわりのある人がいるだろう。そんなことを考えていると、思ったことの多くが言えない。もどかしさを感じて、おもしろくない。

旧制第三高等学校で教えたF教授が洩らした話が忘れられない。旧制高校の時代、教員室は大部屋で、英語の教師、哲学者、歴史の先生、物理講師などが思い思いの様子でお茶をするようになっていた。自然に、専門を超えたおしゃべりがはずむ。その場だけでは終わらないと、帰りは飲み屋へ流れていって気焔《きえん》をあげる。実に愉快だった。新制大学になると、各学科ごとに分かれたコモンルームができ、英語の教師だけ、国文科だけの部屋などになった。それはいいが、大部屋時代の雑談の花はさっぱりになってしまって、退屈になる。みんなつまらぬことばかりしゃべっている。F先生はそう言って嘆いた。

おしゃべりの会は、メンバーが、なるべく広く散らかっているほうがおもしろくなるのだが、そういう人を集めるのが、たいへん難しいから、どうしても、似たものが多くなる。

おもしろい「口」の散歩

おしゃべり会はなるべく、個人の名を出さないようにする。人の名前が出ると、どうしてもゴシップに流れやすい。ゴシップだっておもしろいが、その場かぎりである。もう少し浮世ばなれしたことが話題にできれば、ときに目の覚めるようなことが飛び出す。

病気を話題するのはいけない、とイギリス人は考えるらしいが、病人がその席にいない限り、病気の話は、高齢者にとっておもしろい。健康についての話ならもっとおもしろくなる。食べものの話もいい。新聞記事の中でおもしろいトピックを見つけてきて、おしゃべり会なら、とんでもないことを話題にするのも悪くない。東京周辺の人はよくオレオレ詐欺にかかるが、関西の人はあまりかからない、という記事を読んだ人が、なぜ、関西の人のほうがだまされにくいのだろうか。そもそも、どうしてオレオレ詐欺がいつまでたっても減らないのかなどを、話題にして、意見を述べる。ほかの人が口をはさむ。ひとりひとりの言っていることは大したことでなくとも、何人かがめいめい考えたことを集めると、なかなかの集合知になる。ひとりで考えたのでは決して出てこない知恵が生まれてくるかもしれない。

わたくし自身、そういうおしゃべり会をいくつも持っていて、週に一、二度はおしゃべりをする。それが健康によいということを実感している。少しくらい気分がすぐれなくても、会へ出て存分におしゃべりをして帰ってくると、すっきりした気分で、行く前のことなどウソのように思えることがある。

おしゃべりは口先だけではない。全身的なはたらきである。つまり、運動である。一時間しゃべっていれば、同じ時間歩いているのとあまり違わないエクササイズになる。わたくしはおしゃべりを口の散歩だと呼んでいる。

食べるものを作る

若い友人が、ずっと年下の奥さんを亡くして元気がない。励ましてやりたい、と思って、

「いちばんいいのは食事を自分で作ることです。……」

と話した。いい加減ではなく、身に覚えがあった。しかし、その人は、

「この年になって、自炊ですか。とてもする勇気はありません」

と一笑に付した。おそらく、〝男子厨房に入るべからず〟という昔のことばにまどわされて男が台所に立つのはいけないように誤解しているのであろう。

男が台所に入ってはいけない、というのは、おそらく、料理の得意でない女性の作ったものであろう。男が料理をしたら、女性は出る幕がなくなる。それどこ

ろか、男のほうがうまいものを作る。少なくとも、手早く作ることができる。

かつて、NHKのテレビで、四川料理の陳建民《ちんけんみん》さんが、中華料理を実演して見せた。すばらしい。見ていてもぞくぞくするほど。とにかく手早い。高熱で熱せられた大鍋に食材を投げ入れる。煙りが上がる。少しかきまわして油、醤油、などを同じおたまですくって投げ入れる。またひときわ煙りがあがる。くるくるとかきまわして一丁上がりとなる。その間、五分とはかからない。アッという間に出来上がる。

そのテレビ放映があると、かなりムリをしても見ることにしていた。男の調理の美学のようなものが感じられた。

陳さんは別格にしても、男性が料理にすぐれているのは否定できないであろう。現に、世界中のシェフはみな男性である。日本料理でも板前は男と決まっている。どんな寿司でも、女性が寿司をにぎることはない。男は料理に強いのである。

そういう男が台所へ入ってきては邪魔である。うまいものをこしらえては、女性として立つ瀬がない。男なんか締め出すに限る、というので〝男子厨房に入るべからず〟というタブーをこしらえた。お人よしの男は締め出されると、おとなしく引っこんでいて、料理嫌いになってしまうものもできるという寸法である。はじめに引き合いに出した友人などもそのひとり。蒙《もう》を解こうと、あれこれ話したが、説得することはできなかった。こういう男がおびただしくいると思うと、すこし残念な気がする。

〝理を料する〟

料理は、ただ、切って刻んで、煮たりする手先だけの仕事ではない。頭を使わないと、うまい食べものは作ることができない。手だけでなく、頭も使ってするのが、本来の料理である。

かつて中国文学の学者から、〝料理〟というのは〝理（ことわり）を料する（考える）〟ということです、と教わった。中国では深いところで料理を考えたことを示していて、たいへんおもしろく思った。

手をはたらかせ、頭もつかって作る料理は食べるよりむしろ作るのに意味がある。ことに高齢者にとって、食べものを作るのは、たいへんいい運動になる。このごろ流行の散歩などより、よほどエクササイズ（運動）効果は大きい。

わたくしは、ほかのひとより早く散歩のよさに目覚めて、万歩計などのあらわれるずっと前から、毎日、一万歩以上、歩くことにしていたから、散歩の効用はよく知っている。

あるとき、足だけに散歩させて喜んでいるのはおかしいではないかと気がついて、手も、口も、耳目も、頭も、動くところはすべて散歩させないといけないと悟って、五体の散歩を唱えるようになった。

料理を作るのは、手の散歩としてすばらしい。たいして力がいるわけではないが、小さな動作に神経を集中するのは日常なかなかできない。早い話が、庖丁で大根を刻むほうが歩いて石段をのぼるより、神経と筋肉の微妙なはたらきを必要とする。かつての女性がさほど散歩などしなかったのに、運動不足になることが少なかったのも、ひとつには台所で手の散歩をさせていたためかもしれない。

炊事をいやがって、惣菜などを買ってくることが多くなって、肥満が増えたのは偶然ではないような気がする。

料理は頭も体、手もつかう総合エクササイズであることを知的な人なら認めなくてはいけない。人は皆、厨房に入るべきであることを改めて考えるときになっている。

年を取って健康になったわけ

先にも述べたが、わたくしが毎日の食事を作るようになったのは、八十歳になりかけたときである。

家内が、大腿骨骨折で手術を受け、歩行困難ならびに立居振舞いも不自由になった。家事をする人を頼むところだが、人に家の中をかきまわされるのは耐えがたい。〝よし、自分がやる〟と言った。はじめから、心配していなかった。普通の食事くらいできなくてどうする、という意地もあった。

それからもう十年くらいになる。

もちろん、わが炊事も多少の進化を見せている。

ずっと肉類の摂りすぎはよくない、と言われてきて、そう信じていたが、年を取ったら、牛肉を多く食べるのがよいということを主治医から教わって、つとめて牛肉を食べるようにしている。

昨年の秋、ふだんしている血液検査の結果、わるいところなし、ということになった。十年前には、いつもかならず、五つか六つ、悪いところがあり、検査表にH（高すぎる）L（低すぎる）が並んでいた。それが、だんだん減ってきて、昨秋とうとうゼロになった。主治医も「こういうこともあるのですね」と言った。いい気分である。

それがすべて炊事をしているからであるとは思わないが、無関係ではないと、自分では思っている。

そんなことより、作ったものが、〝おいしい〟と言われたときの快感は特別である。原稿を書いても、そういう思いをすることはまずない。

料理は楽しい。

そう思っていれば、年のことなど忘れようとしないでも忘れる。この間も、あるところで講演をした。一時間半、大声をはりあげた。終わって引きあげてくると、「信じられないくらいお元気ですが、なにをお飲みでしょうか」ときかれた。たいへんいい気分である。

V 命を延ばす方法

すてる心

オレオレ詐欺、振り込め詐欺がいつまでたってもなくならないどころか、減りもしない。いまの世の中を反映する犯罪で、頭脳的である。いくら警察などで注意したくらいでは防ぎようがない。

高齢者が狙われるのは、ただ、だましやすい、というだけではない。老人は金を身内のものに与えたいという心の底にある欲望をいだいていて、それをうまく衝かれると、喜んで金を出す。

その金額が普通ではない。一千万円を超える大金を一本の電話で、わけもわからない使いのものに手渡ししている。この間は、三千万円とかをやられたニュースがあった。常識では考えられないことだが、実際ほかにもそういう事件があるらしい。老人が金持ちであるのにもおどろく。

そういう高齢者は若いときからせっせと働き、せっせと蓄えをつくった。それが生き甲斐だから、蓄《た》めた金をどうするかという当てがない。なんとなくこどもに遺してやりたいと思っている。自分の介護に備えるというより、なるべく多くの財産を子孫のため遺したいという気持ちが強く、それが生き甲斐になっている。

その孫から、助けて、と言われたら、よくも考えないで、わが財力がものを言うときだ、と早合点して、喜んで金を渡したくなる。言われるままに、巻き上げられてしまう。もちろん、やられた当人、口惜しく、腹立たしいこともあるが、話だけでも、孫のためになるなら助けてやりたいという奇妙な満足感もあるのではないか。

知人の老夫婦が別々に、二度ずつ振り込め詐欺にやられた。もののわからない人たちではない。夫はもと公務員、妻は、生命保険会社で、契約高トップという腕利きの外交をした人である。バカな話にかかるわけがない。それなのに、念が入って、二度ずつやられたのである。自分の金が役に立つという満足をうまく利用されたものと見られる。

財産をどうするか

われわれ日本人は、蓄財にはたいへん熱心である。努力すれば、相当な財産をもって年老いることができる。

しかし、その財産をどうするかは考えない。子孫へ遺すに決まっている。なんとなくそう思っている。高齢者の保有する資産はおどろくべき額に達しているはず。それが、眠っている。悪知恵のあるのが、それを狙って、詐欺をたくらみ、成功するというわけである。

詐欺にやられるくらいなら、しかるべきところへ寄付したほうが、どれだけ、世のため人のためになるかもしれない。

ところが、日本人は寄付をしない。ケチである。私立の学校などがときどき卒業生に寄付を呼びかけるが、お義理程度しか寄付しない。目標に達しないことが多い。

これはイギリスの話だが、昔、名門のパブリックスクールの生徒がゼロになった。それでも学校は閉鎖されることはなかった。教職員はそれまでどおりの給与を受けた。十年の間、学校は守られた。やがてその志が社会に認められて生徒が集まるようになった、という。

学校にしっかりした基本財産があったからである。それは寄付によるものである。

日本ではそういう私立学校を考えることもできない。生徒の授業料で生きているのだから、学生、生徒が減れば、すぐ存立が危くなる。寄付がないからである。少ないからである。一口、いくら、といった寄付ではタカが知れている。本気なら相続財産を寄付するのである。全額など考えることもできない。半分でも寄付すれば、私立学校がよくなること必定である。相続税だってバカにならない。税金でとられたものが、本当に生きた金になるという保証はない。トラれた、という実感は裏づけがある。

学校に寄付すれば、もっとはっきり、公益に資することになる。

ただ、そういう大口の寄付を受けるには、受ける側にしっかりした受け皿がなくてはいけない。定期的に第三者的監査を受けるくらいにしないと、虎の子を寄付する気になれないのはむしろ当然である。

わたくしのぼんやりした印象では、日本の寄付金の処理は、不正確、放漫で、関係者の善意頼みというところが大きい。よからぬことを考える人がいれば、まんまと横領されてしまう。そう考えると、小口の寄付でもドブに捨てるような気になるのである。天下に名だたるテレビ局が、キャンペーンで金を集めたはいいが、処理があいまいで、届くべきところへ届かなかった、ということがある。モラルの欠如を如実に示す事件だったが、世間ではほとんど問題にしなかった。

こういう寄付にまつわる暗影は早急には消すことができないだろう。だとすれば、寄付は見合わせよう、ということになる。

喜捨の心を育む

寄付がダメなら喜捨がある、と言いたいところだが、喜捨ということばが廃語になりかけている。

戦後、寺は経済的自立をせまられて、喜捨が当てにならないと知ると、自活の方途《ほうと》を考え、幼稚園をつくったり、ガソリンスタンドを作るところまであらわれた。このごろは都市では、寺による墓地商売がさかんである。

田舎のおばあさんが、お寺の住職に、

「一円玉のつもりで、百円、お賽銭あげてしまった。九十九円、お釣りをおくれ」

と言ったという笑い話がある。お寺の住職、少しもあわてず、

「この節、諸物価高騰、一円では三途の河を渡してもらえない……」

わたくしは四十年来、近くのお地蔵さんに日参している。はじめは何というこ

となしに十円玉をお賽銭にしていたが、そのうちにいかにもミミッチイと思って、三十円に改めた。二十年くらい、それが続いて、やはり少なすぎると思い、五十円にした。毎日、五十円玉を用意するのに気をつかうのが、むしろおもしろくなった。

ついでといってはバチが当たるかもしれない。そのお地蔵さんの反対側にある神社への参拝も日課にするようになって、こちらは、三十円を奉納する。

毎日、八十円をもって、早朝の散歩に出る。ただ、頭を下げ手を合わせるより、お賽銭を上げたときのほうが、なんとなく落ち着いた気持ちになる。どうしてかよくわからないが、わずかでも浄財の寄進をすることがお参りするものの心に喜びの力を与えるのである。

五十円とか三十円とかのいわば小銭を献納するより、まとまった額を喜捨すれば、どんなにいいか知れない。毎日はともかく、月に一度、自分の財産の百分の一を喜捨するというのはどうかと考えるが、百回で財産がなくなる勘定だから、決心は容易ではない。月一度でなく年一度なら百年つづけられる。

喜捨するには、お寺、神社がもっと努力してもらわないといけない。勉強といっても、高齢者を集めて、法話を聞かせるくらいでは足りない。

寺子屋をひらく、学校へ行っている子の勉強もアドバイスする。それだけでなく、家にいても口をきいてくれる人もない老人を定期的に集めて、おしゃべりクラブをつくる。めいめいが思っていることをぶちまける。胸がすっとして、気分爽快、元気百倍となって、時を忘れ、ときに年を忘れる。和尚さんは、そのコンダクターになるのである。こうすれば、元気老人が増える……。

そういうためなら、思い切って喜捨したい。そして、はつらつたる老年を生きてゆきたい。実際のところ、そういう運びには、残念ながら、なっていない。ただ、そういうことを考えるだけで、気が若くなる。喜捨を考えるだけでも、生き方が違ってくる。

年を取ったら、喜捨の心を育みたい。喜捨を実現できれば、延命も夢ではない。そんな風に考えるのが、華麗なる加齢である。

流れる水は腐らない

水槽の水は時がたつと劣化する。ボウフラがわく。悪水になる。いくら清水を入れても腐化をまぬがれることはできない。

それに引きかえ、流れる水は生きている。不純物が流入しても、それを浄化するのか、悪水になることは少ない。水槽の水と違うところは、動いていることである。動いているものは〝命〟をもっている。水は無機物であるから〝生命〟はないが、動いている水は生きている。活水である。その活力は、流れという動きによって生じると想像される。

昔から船で遠くまで行けたのは、船に積みこんだ水は動いているから腐らない。長い間、飲み水として使うことができた。もし、揺れて、動かされる水が、生きていることができなければ、大航海なども不可能だったはずである。

静水は悪化しやすく、動水はいつまでも生きている。大自然の掟はおそろしいばかりである。

人間は、もちろん、水ではないが、水よりも複雑な命をもっている。その命の大原則は〝動き〟にある。生きているということは〝動いている〟ことである。あらゆる動きが停止したとき、生き物は、死滅するのである。自然の摂理である。人間も、生きているのは、動いているからである。動くことをやめれば、活力を失う道理である。

生まれたばかりの赤ん坊は、なにも出来ないが、とにかく、動くところはすべて動かす。手足をバタバタさせるだけではない。声を出して泣く。泣かない赤ん坊はおかしい。昔の人も〝泣く子は育つ〟と言った。裏返して言えば、泣く力もないような子は、生きる力が充分でない。とにかく、赤ちゃんはよく動く。よく動く子はよく育つと言ってよいであろう。

「無用の用」の重要性

年を取ると、人間、だんだん新生児に近くなるというところに気づいて、還暦になると、赤いチャンチャンコを着て、赤ん坊の真似をする。しかし、いまの還暦者はチャンチャンコを着る、本当の意味を知らない。仕事をやめると、悠々自適するようなことを言う。何もしないで、ゴロゴロしているというのである。ゴロゴロするのは、〝動き〟があるからまだよい。何もしないでじっとしている悠々がいけない。動かないでいるのは、桶の中の水と同じで、腐敗する。赤ん坊のように、わけなどどうでもよい、とにかく、動くところはすべて、動かす必要がある。体を動かせば、それによって活力が生じる。老化、老衰を完全にはムリでも、大きく遅らせることは、充分に可能である。

ある元公立高等学校長は、絵画の趣味があって、勤めを辞めたあとは、せっせと絵を画いて、ときどき展覧会をひらいた。それで活動しているつもりだったらしい。あるとき先輩から、手だけでなく、脚を動かさないと運動不足になるといって散歩をすすめられた。

元校長は、こどもを教えることは馴れているが、人から教えられることが下手である。先輩の忠告に反発した。

「目的のないことをするのは嫌です」

と言った。自分のしている絵画には目的があるつもりなのであろうが、無用の用ということを解しないのは知性の欠如である。そのせいではあるまいが、脳梗塞にやられて苦しんだという。手先を動かすだけでは足りなかったから、発病したわけではなかろうが、全身を動かしていれば、少し違っていたかもしれない。

休みの有害

人間は、だれしも、何もしないで、じっとしているのが、いちばん楽である、という誤った思い込みを持つようになっている。まわりの大人が誤解していて、それにカブれたのである。何もしないで、じっとしていれば、エネルギーの消費は少ない。エネルギーを消費すると、疲労を覚える。これ以上、あまり運動しないようにという黄信号である。それを、危険信号と見て、活動はよくない。何もしないでいるほうが、体によい、と早合点する人が多くなって、働くのは辛い、休息は楽、という偏見をいだき、それを偏見だと思わない。動くと疲れる、疲れるのはよくない、したがって、何もしないでいるのがよいと考える。

現役で働いている人も、働くのは辛い、休みはありがたい、とこどものような気持ちでいる。そういう人間が、サラリーマンの多くなった近年、急増しているようだ。そのひとつのあらわれが、休日の増加である。昔は、数えるほどしかなかった休日（ハタ日と言った）がいつのまにか増えて、いまは、十六日もある。これに、土日を合わせると、百日ほどある。休日と合わせると年の三分の一は休んでいる勘定になる。

昔、年中無休、盆と暮にわずかなヒマをもらった奉公人のことを考えると、大改善であるように考える人が多い。しかし、実際は、休日が多くなって、かえって体調不良の人が増えたのは皮肉である。体だけでなく、精神的にも故障が多い。

もっともはっきりしているのは学校へ行くこどもたちである。もともと、学校は、不必要に休みが多く、長い夏休み、長くはないが冬休みと春休みがある。さらに土日が休みときているから、合わせると百五十日くらい休みになる。休んでばかりいることになるのに、だれもそれを休みすぎだと批判しない。

人間は知らん顔をしていても、天はきびしい。困ったことが起こる。たとえば、学校嫌いが増えるのである。

月曜日から始めて、だんだん調子が出る。そこで土、日の急停止、心身、ともにショックをうける。二日休んで月曜は冷たくなったエンジンを動かさなくてはならないが、これが厄介。頭が痛くなったり、腹が痛くなったりする。仮病ではなく、本当に、体調が悪くなる。月曜を休むと、火曜はもっと行きたくなくなり、そのまま不登校がつづくことになったりする。いまの制度では不登校を減らすことは不可能であろう。

以上は、こどもの話である。

年中無休で体を動かす

高齢者は、休みに関しては大人、こどもよりはるかに恵まれている、と言うべきか、困った状況におかれていると言ったほうがいいか。

心なき新老人、新退職者は、〝毎日、日曜日〟であるのを喜ぶ。働かない、動かないことがどんなに心身の不健康を招くか。よく知らない、よくわからないことを考える酔狂な人は少ないから、休みの効用と害に思いをめぐらす、などということはまずない。

ヒマはいやというほどあるのだから、仕事に忙しい現役の人の考えないことを考える必要がある。

少し、考えれば、人間、とにかく、何かしなくてはならないことははっきりする。することがなければ作る。といっても年寄り向きの仕事はなかなか見つかるものではない。新しい仕事を作るにはかなりの器用さが必要である。

なければ、役に立つ仕事はあきらめてもいい。しかし、動くことをあきらめてはいけない。命取りになる。

用はなくても外へ出て、歩く。行き先はなくてもとにかく歩く。十分や二十分では話にならない。小一時間は歩く。ひところ中年の人がきそって万歩計をつけて歩いた時期があった。流行にひかれて散歩したのだから、つづかない。いまはもう夢のようになっている。

歩くのは毎日歩く。休んではいけない。土日祭日休日、いっさい関係なし。雨が降っても休まない。ある八十代の散歩グループが傘の会というクラブをつくったのは、しゃれている。八十は傘《さん》（仐）寿《じゅ》という。カサに通じる。雨の日だって傘の会は歩くのである。そのせいかみなさんすこぶる元気である。

前にも書いたが、足の散歩だけで得意になっているのは旧式人間である。いくら散歩してもたいてい手は手持ちぶさたである。手の散歩を考えなくてはならない。女の人は炊事あり、編みものあり、片づけありで、手の散歩はたっぷりできる。それにひきかえ男は、うまい手の散歩がなかったが、近年は、パソコンを使えばいい散歩になる。ピアノのような両手を使う楽器もたいへんよろしい。

何もすることがなかったら、指おり数えるだけでもよい。一万くらい数えれば、一万歩の散歩の半分くらいの運動になる。男だって片づけ、掃除をしていけないわけはない。するところがなければ、道路の清掃もある。

知人のお父さんはたいへんな高齢で元気そのものであった。いろいろ健康には気をつけていたらしいが、まわりの人たちを感心させることがあった。近くの神社を毎日、清掃したのである。小さい神社でも、落葉などはなかなかきれいにするのが面倒である。このおじいさん、その清掃を年中やった。町の人が感心して、あるとき表彰したという話である。

ラジオ体操は手足だけでなく、首も腹も動かす。これで健康を保っている人は少なくないようである。

口だって、おしゃべりをすれば、散歩効果がある。おもしろいところへ行くのは目の散歩、音楽をきくのは耳の散歩。テレビ、ラジオでも、散歩させてくれる。おもしろいことを考えるのは頭の散歩になる。

このようにして、五体の散歩ができるのである。動くところはすべて動かし、働かせるのである。はっきりした目的目標のないところが散歩のよいところである。

体を動かすには、ときどき、思い出したようにしたのでは、話にならない。年中無休。毎日するのである。

それを自分にもはっきりさせるために、毎日の予定表をつくるとよい。起床、散歩、体操、食事……。午前中にすること、午後すること、夕食のあと、することがあれば書き出す。できたものの上には○をつけ、できなかったことには×をつける。×はつけたくないから、ムリをしてもやってしまおうとなる。それがつけ目である。○が多いと、自分でも、なんとなく愉快である。よく生きている実感がある。気がついてみるとたいへん規則正しく動いていることになる。

流れる水は腐らない。

動きまわるものには老いがゆっくりでいつまでも年より若い、と言われる。

待つ心

人から祝ってもらうことはなるべく避けるようにしている。いつとはなしに、それが身について祝われることが少ない。人並みにめでたいことがあると、世話好きな人が、お祝いをしようと言い出す。気の進まなくてもなかなか、嫌だとは言いにくい。大いにやろうなどと心にもないことを言ってしまうこともある。

お祝いの会に来る人たちは、顔ではニコヤカであるが、心の中は冷たい雨であることが多い。つき合いだから出てきたのである。祝ってもらうこともないのを淋しく思う人もいるにちがいない。それほどはっきりはしていなくとも、なんとなく、人の祝いの会は心を重くするのである。

そんなことを先取りして、祝いの会はしてくれるな、忘れてほしい、と言って辞退するのである。本気になって祝いをしようと思ってくれている人も、辞退、固辞すると、たいていは引っ込んでくれる。

はじめて祝ってもらったのは、出版記念会であった。まだ三十代の若造であったから、会をしてもらうのがうれしくて大勢の人が集まったのを自分の手柄のように考えたのだから恥ずかしい。

その後、人のお祝いの会に出ていて、少しずつ祝いの会の空虚さがわかるようになった。

祝われる主賓にしても、人が考えるほどうれしくない、楽しくもない。それより来てくれている人たちの思惑を考えると、心が落ち込むのである。いちばん純粋に喜んでいるのは会場で、こんな楽な商売はない。いい加減な料理でも、文句を言われる心配もない。高目の料金にも目をつむってもらえる。パーティさまさまである。

そう考えるとパーティへ出る気がしなくなる。それに出ても、たいていおもしろくない気持ちで帰ってくる。心から祝うという気持ちはとっくに消えている。

人がパーティをするのを差し止めることはできないが、自分の自由になるところでは、多くの人にそういう思いをさせたくない。そもそも、会をしなければ、すべて、こともないのである。そう悟った。それに忠実に、自分で断わることのできる会合、祝いの会はいっさいしない、ということにして、実行してきた。

悪評よりも延命

みなさん、わかりがいい。はじめはぜひとも……などと言っていた世話役でも、かんたんにわかって引き下がってくれることが多い。

断わりのせりふもだんだん進化して、祝いの会をしてもらうと、あとがいけないと言って断わる。疲れて病気になったりする。へたをすると、死ぬかもしれない。祝ってもらわないために死んだ人はないが、祝われて、あと、思いもかけず急死することは実際にいくらでもというほどでないにしても、あることはある。

こんな例もある。Sさんは、土地で聞こえた名医であった。勲章をもらうことになって、まわりが盛大な祝賀パーティを計画。Sさんも乗り気で、会のために寄付もした。

そして迎えた当日、あいにくの天気であったこともあって、無断当日欠席の人が多く出た。出席者の出す会費を当てにしているのだから、ドタキャンが多いと、会計に狂いを生ずる。多額の赤字をSさんが背負うことになった。

数日後、Sさんの急死を聞いた人は、祝いの会のために命を落とした、と勝手に想像したようであるが、それは当たっていない。

Sさんが、祝賀会を喜びすぎたのがいけなかったのである。会の会計が赤字であったのもいけなかった。喜んで有頂天になっているところへ冷水をぶっかけられたようなものだ。もともと頑健だったSさんだが、こういう手荒い痛い目にあっては、たまったものではない。

祝いの会を断わっても、元気になるという保証はないが、会などしなければこういう頓死にはならなかったのではないかと思われる。

やっぱり、祝いの会など、しないほうがいいのである。してもらわないほうがもっといい。そう考えて、五十年、実行してきたつもりだが、そのために、変人視されて多少、迷惑している。悪く言われても、元気でいられるほうがいい。めでたいことがあると、めでたくないことが起こりやすい。めでたいことをなくすれば、めでたくないことが少なくなるのが道理。そういう理屈はこねる、反社会的かもしれないが、怖ろしいことを避けるためである。人の思惑などにかまってはいられない。

先々の楽しみは最大の活力

われわれの心を元気づけ、活力を高めるには、先々に喜びをもつことが必要らしい。楽しみ、喜びを心待ちするとき、人間はもっとも元気を出すらしい。楽しいという気持ちは、それにつけた名前である。楽しいことを望み、期待しているとき、人間の活力は最大になるらしい。少しくらいの不具合は吹っ飛ばすのである。

楽しいことを待つ心はたいへんな生命力をもっている、ということを、わたくしは、個人的に経験している。

うちの義母は九十歳をとっくに超えて、老衰のような状態になって入院した。それとほとんど同時に、ひとり孫娘がアメリカへ一年留学で行ってしまった。義母はたいへん淋しがり会えなくなったのを悲しんだ。もちろん病状はだんだん悪化する。孫の帰国まではとても無理だと、病院のナースたちもささやき合っていたらしい。

ときどき意識がはっきりしなくなるようになっても、孫の名を呼んで、会いたいとつぶやいた。なにしろまだ、大分、先のこと。とても叶わないだろうとまわりのものも諦めていた。しかし、義母はがんばった。そしてとうとう孫がアメリカから帰ってきたのである。

帰国した孫に会って安心したのであろう。それから一週間くらいして、義母は静かに息を引きとった。幸せな最期だったとまわりのものは考えて悲しみを和らげることができた。待つ心は、実に、強い。命を延ばすことができる。

待つ心は、なるべく、たびたび、はたらいたほうがよい。年一度の誕生日では少し間遠《まどお》で、待ちくたびれるかもしれない。それに、日本では、とくに高齢者では、誕生日を祝う習慣が確立していないから、ヨーロッパの人のように、それを待って、年を忘れるということも少ない。

しかし、日本だって待つ心を生かす習慣がないわけではない。地域の祭りは楽しい。お寺の縁日も楽しい。さらに盆と正月が待たれる。

中国では、奇数の月の重ね日、一月一日、三月三日、五月五日、七月七日、九月九日を祝う習慣があって、わが国へも伝わっている。正月、雛の節句、端午の節句、七夕が祝われる。（重陽の九月九日がなぜか祝われないのは、ク＝苦の音が重なるからか）

節句や祭り縁日は、楽しいには楽しいが、みんなといっしょに祝うのである。楽しさも、中くらいになるのはやむをえない。

昔から、祝日と日曜があって、それを楽しみにするのは、こどもだけでなく、大人も心待ちにした。

楽しみにしていた日が来ると、心が高揚するのだが、そのあと、〝祭り〟のあとがいけない。しばしば、怖ろしい危機を引き寄せる。

日曜は楽しいが、月曜は一変、心重い日になり、ヨーロッパではブルー・マンデーとして警戒された。気分がふさぎ、ミスが多くなったりする。月曜気分ということばがあり、こどもの不登校もたいてい月曜から始まるという。

高齢者はこどもと違って、月曜を怖れたりはしないが、毎週の日曜を心待ちにするほど忙しいわけではない。毎週日曜があるのでは、少しうるさい感じである。もう少し、間隔が大きいほうがいい。先にも述べたが中国の五節句では少し間延びする。

毎月一度の「重ね会」

とすれば、毎月一度の節句をこしらえるのはおもしろい。かつて、わたくしは、そう考えて〝重ね会〟をこしらえて、仲間と楽しい歓楽をすることを始めた。いろいろ仕事をしている、六、七人がメンバーで、月一度、会って食事をしながら、存分におしゃべりをするのである。たいへん楽しくわれを忘れる、時のたつのを忘れる。すこぶる愉快で、終わると、来月が待ち遠しい。

毎会、次の日を決めるのはわずらわしいし、先々の予定とぶつかる心配もある。それで工夫した。

一月一日、二月二日、三月三日……十二月十二日と月と日の数字を同じにする。それで重ね会と名乗るのである。開催日はずっと先まで決まってしまうから、覚える必要もない。

この重ね会はすこぶる楽しい。なんとなく心待ちさされる。その気持ちにひかれて、年を取るのを忘れることができるのかもしれない。メンバーは皆、年より十くらい若く見られるようである。

ふたたび、忘れるがカチ

先に述べた「心配はネコを殺す」のように、人間にとっても心配、悩みはたいへん怖いものであるはずだが、ふだんは忘れているのは、幸いであるかもしれない。心配ごと、悩みを気にするのは、「気」の「毒」で、気の毒な結末になる怖れがある。病気にもなりやすい。

その昔、大学紛争のとき、学生に対応する役に当てられた若い教授が、学生につるしあげられた。それが二度も三度もつづいた。その人は体の不調を訴えて学校を休んだ。久しぶりに出て来たとき、頭がまっ白になっていた。黒髪が房々していたのが信じられなかった。心労が、黒髪を、白くしたのである。あっという間のことだからおどろく。

これはその昔、戦前の農村のこと。少し暮らしにゆとりのある人たちが、そのころ普及し始めていた生命保険に入るようになった。ある人が保険に入ろうと思った。

保険に加入するには健康診断が必要である。

検査の結果、あれこれ不具合なところが見つかった。生まれてから、医者にかかったことがないと威張っていた人である。検査結果がよくなくては保険には入れない。

その人は保険を断わられて、ショックを受け、元気も失い、これまでしていた野良仕事もしなくなって、半病人のようになった。まわりも、同情して、保険嫌いになった。

悪いことは忘れる

心配や心労などないという人はないが、いつまでもこだわる人と、そうでなく、さっさと忘れる人とがある。くよくよするより、水に流すほうが、少なくとも心の健康にはよい。心の健康が身体の健康をしばしば左右するから、忘れるのは、健康法のひとつである。

もともと人間は、悪いことは忘れるようにできているらしい。失敗しても失敗してもやがて成功するようになる。そう思って生きている。

たとえば、自転車に乗る練習。どんな器用な人でも、はじめから乗れることはない。はじめは必ず転ぶのである。一度でなく、何度も転ぶ。そのうち、ちょっと走ることができるようになる。何度も転ぶが、何度転んだか覚えていない。覚えていたらむしろ異常である。

われわれの頭は、失敗をすぐ忘れるようになっているらしい。成功は覚えているが、失敗はどんどん忘れてしまう。それでその成功の部分が大きくなって練習は完成する。

この頭は小脳であると考えられるが、小脳は失敗は忘れ、成功は記憶するようになっているようで、したがって、小脳にかかわるところでは、心配とか悩みはあまり起こらないようである。

心配、心労というのは、困ったことを知るからで、知らないことを心配することはない。したがって平気でいられる。

ある人は、健康診断で医師から、おどろくべきことを聞かされた。二十五年以上前に、重篤な結核を患ったはずだと言われたのである。その人にはそんな覚えがない。医師がレントゲン写真を見て言うことを聞いていて、その人は、古いことを思いだした。

その人は、三十年くらい前、親友と同じ下宿で生活していた。その友人は、大学病院で重い結核で絶対安静が必要だと言われて郷里へ帰り、しばらくして亡くなった。おそらく、その人も結核にやられていただろう。しかし、病院へ行くでもなし、風邪をひくくらいに思っていたのである。

その人はいくらかノンキで、だらしないところがあるから、病院へもとうとう行かなかったばかりか、集団健診もサボッていたくらいである。頑健だとはいわないが、病人になったことはなかった。昔の病痕を指摘されてひどくおどろいた。

そして、何ごとも〝知らぬが仏〟がいいと思うようになった。

医学が進歩したからであろう。このごろは、告知、ということがおこなわれる。あと生きられるのは何年何カ月と予言するのである。アメリカで始まったのかどうかはわからないが、アメリカから入ってきた。患者は弱い立場にあるから、おとなしく告知を受けるが、心の中の苦しみ、痛みは余人の知るところではない。平気でいられるのは超人である。たいていの患者は、告知によって大きな打撃を受け、病状を悪化させ、告知通りに生を終わるようになるのではないか。

昔の医師は、患者の立場で考えたから、胃がんを胃潰瘍と言ったものだ。ウソであるが、心やさしいウソである。告知をする科学者としての医師は、そういうウソを言わない、というのである。昔の患者は知らぬが仏であり得たが、いまの病院の患者は、知って地獄の苦しみを味わう。

嫌なことも忘れる

いくら、知らぬが仏、と言ってみても、人間はさまざまなことに出会い、喜ぶこともあれば、困ること、悲しむことが、あとからあとから出てくる。とても、知らぬが仏で押し通せるものではない。

嫌なことは忘れればいい。

そのために、われわれは忘却の能力をもっているのだと考えるのである。

われわれはこどものときから、記憶中心に生きてきた。覚えたことは忘れてはいけない。約束など忘れてはたいへんだと思っている。それでつい忘却を悪者に仕立ててしまう。記憶のいいのがよい頭、覚えが悪く忘れっぽいのは劣る頭と決めつけている。それが自然の理を無視していることに気付かないのは、人知のおくれである。記憶があれば忘却がある、忘れがなければ危険である、ということをわれわれは、よく理解していない。

いろいろなことを覚えるだけ、記憶するだけで、忘れなければ、頭は記憶でいっぱいになり、破裂する。そうさせないためには、忘却によって整理しなくてはならないのである。よく整理された頭のはたらきは活発であり、新しいものを取り入れる力も高まる。

忘れる、といっても、ヤミクモに忘れるのではない。有用なもの、価値あるものは忘れない。つまらぬもの、嫌なこと、心配ごとなどを忘れる。

その忘却作用は、もっとも多く、夜の睡眠中におこなわれる。それをレム睡眠と呼ぶが、だれでも、一夜に数回、レム睡眠を起こしている。

朝の目覚めが爽やかであるのは、夜の間に、忘却によってゴミのようなものが捨てられるからである。忘却不全だと、頭は重い。

人間が生きていくのに、心配、悩み、失敗などと無縁というわけにはいかない。いかに恵まれた人でも大小の心にかかる、おもしろくないことと無縁ということはあり得ない。いちいちくよくよするのは賢明ではない。さっさと忘れるのである。忘れてしまえば世は泰平である。忘れるがカチ。

災いにくじけない

十年も前のことである。

川柳作家の今川乱魚《いまがわらんぎょ》さんから、会いたいという手紙をもらって、お会いした。それまで、まったく知らない人で、どうして会おうと言うのかわからなかった。その手紙に、これまであちらこちらのガンをいくつもしたが、なんとかねじふせて頑張っているということが書いてあるので、おどろいて、ひそかに敬畏の念をいだいた。

今川さんはそのころ日本川柳協会の会長で川柳の発展に心をくだいていた。みずから何冊もの川柳集を出版していたが、それだけでは満足しない。何とか、川柳を学校の国語の教科書に入れたいというのが悲願だと言った。

俳句は昔から、重要な教材になっているのに、川柳は一度も教科書に入ったことがない。残念だ、教科書に入れたい。どうしたらいいか、というのである。重い病をかかえているのに、わざわざ、考えることではない、と思いが頭をかすめたが、今川さんの熱意はそんな気持ちを吹きとばした。

教科書業界のことはよくわからないが、教科書の編集は保守的だから、新しいことには消極的である。国語に関しても、俳句は教科書になるが、川柳は不可である、とはっきり考えたことのある国語教科書編集部はなかったし、いまもない。そういうのを相手にしていては百年くらい待つ覚悟が必要で、あきらめたほうが賢明である、と私見を述べた。

しかし、川柳を教材にするのは大賛成である。俳句を作る人たちは、川柳を低俗なものと見下ろしているが、偏見である。えらそうにしている俳句だって、百年生きのびる句は数えるほどしかない。今残っている俳句にしても芸術性においては大いに疑問のあるものが少なくない。

そこへ行くと、川柳はたくましい力をもっていて、時代を超えることができる。

このごろは下火になったが、いろはガルタは、少なからずもと川柳であった。和歌を中心にした小倉百人一首をカルタにして好んだのは、中流の衒学趣味で、ものごころも定まっていないこどもに、恋の歌など教えても得はわずかである。それに引きかえ、いろはガルタは人間の心理を教えてくれる。あたたかさがある。エスプリもあって近代的である。

少なくとも、知的な点において、百人一首はいろはガルタに及ばない。俳句は和歌よりは知的であるが、生活から遊離するところで詩が生まれるという誤った原理にひきずられるところが多く、人口に膾炙《かいしゃ》するに足りるものが少ない。川柳は、かなりつまらぬ作品でも、知的なおもしろさがある。川柳は決して俳句に劣るということはない。

気力に勝る延命なし

そんなことをしゃべっていて、わたくしが、川柳を社会が評価するようになる妙案があると言ったら、乱魚さんは目を大きくした。

日本の知識人は外国に弱い。外国で評価されると、とたんに、ありがたがるくせがある。明治初年、浮世絵などまるで紙屑扱いで輸出陶器の詰めもの代わりに利用されていた。それがヨーロッパで認められて珍重され出すと、急に、浮世絵を自慢するようになった。多くの秀作がタダみたいに海外へ渡ったあとであるのは是非もない。

川柳も、アメリカあたりで、おもしろいと思う人があらわれれば、尻馬にのって川柳芸術論をぶつ日本人があらわれるようになるかもしれない。

「〝英語川柳〟を出版して、アメリカへ送ったらどうでしょう。アメリカ人は、正直で、柔軟だから理解者があらわれる可能性はあるでしょう」

わたくしがそう言うと、実は、英訳したものがある。少し足せば一冊になる、資金も心配ないという返事である。

さっそく英訳川柳の仕事にかかって、元気であるという手紙をもらった。

あとで聞いたことだが、今川さんは何番目かのガンが悪化していて、仕事などできる状態ではなかったらしい。それでも乱魚さんは、何カ月も仕事をつづけた。原稿ができたところで、命絶えたという。気力で何カ月も生きておられたのだと思うと、しみじみした気持ちになる。

志の気力があれば、命を延ばすことができる、ということを、今川さんは教えてくれたのである。

与謝野馨《よさのかおる》氏は与謝野晶子《よさのあきこ》の孫である、ということくらいしか知らなかった。大家の三代目だから、それなりの人物であろうと思っていたが、あるとき、雑誌に、闘病の文章を発表した。それを読んで、とたんにファンになった。

最初のガンになったとき、たしか、四十代の代議士であったと書いている。常識的に考えれば、政治家としての生命は、そこで断たれる。ところが、与謝野さんは、それを乗り越えて、政治家でありつづけた。しばらくしてまた新しいガンにやられる。たいていならそこで降参、となるところだが、与謝野さんはそれも克服して、政治家としてひとまわり大きくなった。落選の憂き目もしのいで、いっそう大きな存在となった。超人的である。大人物である、と思った。世の中が、もっと、その力量を評価しなかったことを惜しむ。

病気以後

わたくし自身のことを持ち出すのは気がひけるが、災いは、生きる力を強めるという経験をしたので、ここは書き添えることにする。

十数年前に、重大な病気が見つかった。家族も呼び出されて、宣告を聞いた。死ぬかもしれない病気であると告げられたわたくしは、少しも、気がくじけなかった。とにかく、したい仕事を仕上げたい。それまでは生きていなくてはならないが、なんとなく生きていられるような気がした。たいへんな勢いで原稿を書き始めて、病気のことは、ほとんど忘れている日が多かった。

二、三年すると、病気のほうがおとなしくなって、当分、危険はなくなった。それでたいへんな元気が出た。しっかりものを考えしっかりした仕事がいくらかできるような気がした。病気になって、かえって元気になった。生きる力が高まったように思う。病苦、災難は、なければ、それに越したことはないが、生身の人間である。平穏無事の一生ということは考えられない。病気になった、災難に遭ったとしても、すぐ、これでおしまいと考えない。楽天的であるのがいい。なんとかなるさ、とタカをくくっていると、案外、そうなる。人間のおもしろいところである。

老年の苦労も心の糧

ひところ街角などでなじみだった、全身白い立像がケンタッキー・フライドチキンの店に立っていた。

あの人形の主は、カーネル・サンダースというアメリカ人である。若いときから、することなすことことごとく失敗。六十になって年金生活を始めるが、とても暮らしていけない。夢中ではたらいているうちに、おばあさんのこしらえていたフライドチキンを再現、売ることを思いついてやってみて成功。二十年間に全世界に三千何百店のチェーンストアをもつ企業を育てた。年を取ってからでも、困難を乗り越えることは不可能ではなく、乗り越えるときのエネルギーが新しいものをもたらすことを、カーネル・サンダースは教えてくれる。

〝若いときの苦労は買ってもせよ〟

という。裏返せば、年老いてからの苦労はなんとしても避けよ、ということになる。しかし、現実には、苦労は、老年になっても遠慮なくやってくるのである。うっかりすれば、それに呑み込まれて、それまでとなるところである。

災難、病苦、困難は、できれば避けたいのが人情であるが、ただ怖れていては、良くない。怖れず、それに立ち向かい、やりすごしてしまえば、人間は、いっそう強く、元気になることができる。

嫌なことは〝知らぬがホトケ〟。運悪く知ってしまったら〝忘れるがカチ〟。これは決して無責任ではない。

外山滋比古（とやま・しげひこ）
1923年、愛知県生まれ。お茶の水女子大学名誉教授。東京文理科大学英文科卒業。雑誌『英語青年』編集、東京教育大学助教授、お茶の水女子大学教授、昭和女子大学教授を経て、現在に至る。文学博士。英文学のみならず、思考、日本語論などさまざまな分野で創造的な仕事を続け、その存在は、「知の巨人」と称される。
著書には、およそ30年にわたりベストセラーとして読み継がれている『思考の整理学』（筑摩書房）をはじめ、『知的創造のヒント』（同社）、『日本語の論理』（中央公論新社）など多数ある。『乱読のセレンディピティ』『乱談のセレンディピティ』『新聞大学』（いずれも小社）は、多くの知の探究者に支持されている。

本書は2014年11月、扶桑社より刊行した『老いの整理学』に追記し、文庫化したものです。

老いの整理学

発行日　2017年12月1日　初版第1刷発行

著　者　外山滋比古
発行者　久保田榮一
発行所　株式会社 扶桑社

〒105-8070
東京都港区芝浦1-1-1 浜松町ビルディング
電話　03-6368-8870(編集)
　　　03-6368-8891(郵便室)
www.fusosha.co.jp

印刷・製本　中央精版印刷株式会社
カバーデザイン　小口翔平+山之口正和(tobufune)
イラスト　平尾直子

　ISBN 978-4-594-07872-0